U0044959

# 影子與我

陳昆乾題

# 海印寺傳來的鐘聲——代序

謝輝煌

寫詩，不是某些人的專利。因為，詩的細胞，人人都有。只要不斷地去刺激它、撩撥它，它就會活蹦亂跳起來，舉手投足都是詩了。

所以，搞經濟學的楊巽教授，也就常常詩興大發。

楊教授本名楊秉訓，筆名楊巽。金門金寧鄉湖下村人。民國四十九年出生，在「單打雙停」的砲聲中，讀完金門高中。畢業後，以優異成績，考上臺大夜間部商學系。五年後，再考上臺大經濟研究所，翌年保送直攻經濟學博士學位。現職淡江大學經濟系暨產業經濟研究所教授。他在高中時代，就喜歡寫詩，〈秋興〉就是那時的作品。而從民國七十八年起，則時作時輟。到了近年，就寫得較勤了，並經常發表於《葡萄園》、《臺灣現代詩》、《華副》、《金門文藝》、《金門日報・浯副》等報刊。另外，曾分別於民國九十六年、一〇三年，主纂《金門縣志・經濟志》，及《連江縣志・經濟財稅志》等重要文稿。而在詩歌藝術方面，他也在〈自序〉裡提出了積極的見解：

「詩的形式，不僅要呈現新奇，詩的內涵也要傳遞時代脈動。」

「形式須帶美感，實質則必有物。」

「所謂物，或是人生際遇的抽象情感，或是對社會發表的具體論說。若是一種短暫情緒，詩的意味難以綿延。若是一些片段觀點，也不能成就詩的架構。僅有詞藻堆砌的絢麗，不過是虛幻的風花雪月；只是直率鋪陳的經歷，未能留給讀者想像的空間。倘能借景寓意，寫具體有限之景，立抽象無窮之意，則詩人的感觸當能盡情發揮。」

「讀者感動的，可能只是詩的外顯寫法，或僅來自詩本身的隱含意義。」

楊教授的《影子與我》，共一二二首詩作，分別輯為「都市叢林」（四七首）、「後花園小徑」（三一首）、「藏寶圖」（二二首）、「返鄉專機」（二二首）。

輯一的「都市叢林」，是替多變的都市景觀拍下一些樣貌的「詩」照。因此，我們看到了「高樓大廈的冷氣／還在彼此爭吵　互相吐槽」（〈臺灣島的暑熱〉）、「立在路邊／日復一日高舉艷陽／／暑熱中／裊裊升起一幅夏之海景」（〈舉牌工之夢〉）、「假設黃金、鈔票和房地／不再稀奇……我們就不必／在談判桌上、戰場和都會區裡／做出痛苦悲壯的抉擇」（〈假設〉）、「一張抵押友情的借據／即將到期／我在紙上計算／這位摯友的價值／／過去的全部付出是本金／認識的時間是借期／親疏遠近作利率／真心的程度決定有無寬限期」（〈借據〉）、「他捲曲著身／在公園長椅瑟縮」（〈流浪漢〉）、「

一隻迷途麻雀／匆匆停駐　在街頭孤單的公車站牌上」（〈臺北街頭〉）等，概為都市景觀。而每一個景觀的背後，都是一頁頁活的人生。其他如〈真相〉、〈哈哈鏡〉、〈在淡水捷運邂逅一個午後〉、〈監視器〉、〈水壩觀洪〉、〈電扶梯〉（圖像詩）、〈百工圖〉……等所描繪的，也無一不是都會區裡的形形色色。而更接近大眾生活的，則莫如〈信〉：

「雖然有時也曾誤遞，甚至／查無此人／／長夜裡／我用誠摯封緘／厚厚的情愫／貼一枚孤獨的郵票／一再嘗試／投寄某一扇等待的門」。

此詩，很別緻地採同「雖然／但是」型的結構。也是一首議論形態的作品。

我國的郵政，曾揚名世界。尤其是「限時專送」，更嘉惠了千千萬萬遊子和征人、征屬。雖然也有「郵差按錯鈴」的時候，但盛譽不減。及至有線、無線電話和傳真的普及，加上郵務民營化後，「信件旅行」、及「郵差總是按錯鈴」的機率，確是大大的增加了。

不過，〈信〉詩也不一定是在譏諷郵局。因為，只要收信人有意拒收，在信封上寫個「查無此人」，扔回郵筒，信件就「物歸原主」了。

此詩也可能有「言外之意」。因為，「信」字多義，如信心、信用、信仰等是。而「

寄信」可喻為追求「人生目標」。變調的郵局，只是借來暗喻一種外力干擾。追求「人生目標」，靠的是耐心與信仰。而「一再嘗試」就是耐心與信仰的表徵。從這個層面來分析，也頗能吻合作者「借景寓意，寫具體有限之景，立抽象無窮之意」的詩觀。

輯二的「後花園小徑」，是旅遊詩，但多有「言在耳目之內，情寄八荒之表」（鍾嶸）的弦外之音。如〈原野風光〉，以兩隻公鹿的草原角鬥，卻不「透露／血脈賁張的慾望」，隱喻人類的陰險。〈霧鎖觀音山〉，寫出「你沉默了」、「我再也看不清前方」、「他（硬漢碑）終於流下一滴凝重的淚水」等三個鏡頭，串成一幅「霧失樓臺，月迷津渡，桃源望斷無尋處」的淒美畫境，引人遐思。〈放天燈〉，以天燈的「短暫的流星」，諷喻那些寫在天燈上的「無邊希望」，有如警鐘。〈樹葉和陽光〉，寫出了世間沒有真正的「平起平坐」。〈金山嶺長城〉（在北京與熱河交界處），有一語多關的「導遊啊，別再指揮我們看風景的方向」。〈無人島的戰爭〉，寫出了「一整夜，所有浪花都躲在海中／商量拂曉的進攻」，隱喻各國爭搶一個無人島的嘴臉。較為輕鬆而富鄉土氣息的，是〈垂榕〉：

「在這盤根錯節的榕樹下／夏日午後／最適合道聽塗說了／／嗑完花生，喝光米酒／每個人都心滿意足／帶著交換的八卦消息回家／／所有鳥雀／開始一顆顆撿拾／無意間掉落的細節／／只留下痀瘻的垂垂老榕／在風中慢條斯理／清掃著，曾被加鹽添醋過的花生殼」。

這首詩中的景象，遠在天邊，近在眼前。臺灣有，金門也有。是個老年人常去相互取暖的場所。一代接一代，活在鄉人的記憶中。此詩四節四層次，形式均勻。日常口語，老少咸宜。「細節」及「曾被加鹽添醋過的花生殼」等語，最有新意。第四節寫老榕鬍鬚般的氣根，在微風中擺動如掃地的動態形象，很美。

真正遊山玩水的詩，是〈東澳灣之戀〉（東澳灣在蘇澳南方）：

「我為她尋訪群山／藍天先遞交一抹驚豔／／浪花輕觸的白沙灣／是你緘封情意的羞怯唇印／一遍遍／害怕被窺探／／我赤足慢慢解讀／海風送來矜持的低語／／群山吃味地別過身／要我抉擇，我只好撿拾一顆秘密／偷偷記下／這一刻不該收藏的心動」。

這首詩的形式是採取「二、四、二、四」行數配置，語言活潑。如「驚豔、窺探、解讀、秘密、心動」等，新得你不能不接受。

輯三的「藏寶圖」，藏了親族、世相、愛好、夐思等。如〈父親〉：

「父親說他這輩子／還沒見過大學　長什麼樣子／我牽著興奮的他／緩步母校校園／參加他孫兒的畢業典禮……」。寫出了這個世代「小學父親，博士兒孫；文盲婆婆，碩博媳婦」的有趣現象。

又如〈茶園〉：「茶園裡／一隻凝眼的小綠葉蟬／記得留給它　寬容屈身之所／寧願辛勤捕放／絕不噴灑／劇烈的嗆鼻農樂」。看是一首環保詩，卻另有文章。原來，小綠葉蟬，俗稱「浮塵子」，端午前後，是她的繁殖期。她是茶園裡的害蟲，卻又是「一心兩葉」的「東方美人茶」的催生婆，故有利有弊。能利用其利，避開其弊，就對了。

再如〈禪寺靜思〉：「滿心期待／萬籟俱寂的山中鐘聲／／林間／一顆松子掉下來」。這首詩，只四行，形式短小，造境很美，有王維遺風。

詩中的「鐘聲」，可隱喻為遠方禪師心靈的「印可」，也可演繹為山中另一禪寺中的道友。就後者言，「聲在人在」，也就放心了。就「印可」言，表示自己的修行不負所望。結果呢？卻是「一顆松子掉下來」的聲音。是當頭棒喝（不該「滿心期待」的心生雜念），是徹底否定（修行不夠）。總之，此詩多義。一不小心，就要被作者預設的「讀者感動的可能只是詩的外顯寫法，或僅來自詩本身的隱含意義」的機關擊中。

又再如〈皈依〉的用語，「新」得有點面生，如：

「南無風／風不理不睬　只顧玩鬧／不斷糾纏靜謐湖心／吵醒漣漪／／南無雲／雲悠

然飄過　冷漠回應／世間議論紛擾／不願開示　如何解脫地上的執著／／南無海／海忙著修改美麗裙擺／只憂愁　今夜／她的盛裝如何吸引皎潔的月光／／南無山／山背對背　一再覆誦／南無　南無　南無／放任盲目的溪流四處亂闖」。

首先，「南無風（雲、海、山）」四句，等於呼號求神，就新得出人意表，這是活用「南無」這個詞語的成功。其次，「風、雲、海、山」的分別擬作「惟恐天下不亂」、「老好人冷眼旁觀，不問世事」、「只顧自己利益」、及「閉著眼睛向善」等四方「聖神」，而百姓上天無路，入地無門！故事生動有趣，諷諭似無還有，很能搔到癢處。

輯四的「返鄉專機」，裝載了金門的風景、政治、與鄉情，如：

〈土地權狀〉，寫戰地解嚴後，軍方「還地於民」，結果：「鄉親是依法行政的／他們教你／填寫申請書備齊一切資料／收件等候通知／／我信任鄉親／只是那張權狀／最後／竟發給了另一位鄉親」。真是，「舊恨春江流不盡，新恨雲山千疊」！

〈戰地之必要與不必要〉，是對金門早年被劃為「戰地」的反思。福禍相連，且有其必然的因果關係。沒有昨天，那有今天？「過去的就讓它消逝吧！我想／不論是巨著爛書終究要典藏入庫」，這是詩人的豁達。

〈毋忘在莒勒石〉，曾是一個莊嚴高大的誓言，是千萬人的精神依歸。如今，只有觀光客「以相機查看　他的堅持」，「然後／轉身繼續趕場」。也就是說，他只剩下那點「剩餘價值」了。

〈風獅爺〉，一邊說：「猙獰的面孔是為了給敵人看」，一邊說：「觀光客來來去去留影拍照／我回應以自由的氣息」。真是「看」也看得新奇，「應」也應得別開生面。

〈高粱酒的滋味〉，非金門籍的全國軍民同胞都聞到了：逢年過節，每人配大瓶高粱酒一打，現賺一打。國中以下學童營養午餐及學費全免。老人福利津貼每人每月六千元。此外，還有兒福、婦福、殘福……美不勝收。因而，人口在十年之內，由六萬變成十二萬。得人者昌，無限榮景可期。因此，作者在他們一群同鄉、同學舉行「同醉會」，兼賀同窗吳秋穆先生真除金酒公司總經理的宴飲後，寫下了〈高粱酒的滋味〉：

「這是一打陳年高粱／等了三十年／飄洋過海／齊聚在繁華富庶的後方／／再不必限帶兩瓶，也不用／設卡嚴查／／前線碉堡早就解編／地雷也忙著除役／今夜，無須回憶歷史之錯亂／只要品嚐發展的滋味／／若想再現青春／還是等，夢中相逢彼岸／／斟滿胡璉將軍的壯志／暢飲鐵騎之遠望／自由奔馳／那時，才真正會叫人狂醉」。

詩中充滿了辛酸的甜美，更期望「金門高粱酒」能「踏破賀蘭山缺」，到時再「痛飲黃龍」，「才真正會叫人狂醉」。而詩中「斟滿胡璉將軍的壯志」一語，既有策勵之意，又有「不忘前人種樹」之義。

〈海印寺的鐘聲〉，以四節六行式隱喻一天廿四小時，打四次鐘的形式結構，鋪陳出每次敲鐘的理由：晨鐘是因眾生「需要奮發」、午鐘是因眾生需要「解暑的涼意」、晚鐘是因眾生「需要關懷」、半夜鐘是因眾生在「等待歸航」。真是一聲一菩薩。

〈海浪之旅〉，是四節六六七七行的形式，同時，每節前三行高兩個字，產生高低起伏的海波形象。內容是以「我來到島的東（南、西、北）邊」，象徵金門四面環海，一年四季都有海浪來旅遊觀光。由於觀光客已多得分不清親疏了，作者就特別呼籲：「請松濤傳信／我不是偶然過境的野鴿／是秋天歸來的白鷺」，意即「請別笑問：客從何處來？」

〈陽明湖畔〉兩節八行，四季平安（按：金門也有「陽明山」，而且有兩個「陽明湖」，一座「陽明亭」）：

「一棵飽經風霜的老樹／靠著湖邊，斜伸出乾枯雙足／兀自洗濯他的年華／不曾引起什麼人注意／／閒情無寄，乃以其殘缺的手勢／招棲幾隻愛談論的鳥雀／對著青山綠水，相伴／而且吟哦起來」。

此詩運用以物擬物，並進一步又以物擬人的手法，寫出了一位久經風霜，滿身傷痕的老人，以淡泊、閒適、自在的心情，投身自然，與自然同歌共舞的情誼。而那位老人，像王陽明，也像很多飽經戰火洗禮的老兵。

綜觀這個詩集，佳篇確實不少。而且，多是在實踐他的詩觀。譬如，就詩的形式一項，便像春三二月的陌上花開，爭奇鬥艷，可說是一次新詩形式大展覽，教人目不暇給。其中，更有一首〈迷宮〉的圖象詩，應是玩玩而已。在語言和技法上，也像「晴時多雲偶陣雨」的黃梅天氣，變化多端。尤其在詞品的轉、借方面，前文例句中已有亮眼的超萌，就不再一一摘舉了。但有一項，非舉不可，即書中紀年，一律採用「民國」。這應不是意識形態的「作祟」，而是一個知識分子自我理性的堅持。特此一記。

民國一〇五年八月廿六日初清

謝輝煌：著名詩評家，江西省安福縣人，民國二十年生。初中畢業，曾任臺長、幕僚、專員、編輯等職，現為中國文藝協會、中華民國新詩學會會員，「三月詩會」同仁。曾出席第二屆、第十五屆世界詩人大會，暨海峽兩岸詩學交流會多次。著有散文集《飛躍的晌午》，詩作散見國內各大詩刊，尚未結集。

# 經濟學者的浪漫情懷
## ——序《影子與我——楊巽詩集》

張國治

楊巽是我同鄉也是我高中學弟，他寫詩，但我們並沒有深刻去注視他。詩壇很窄，家鄉不也是很小的一個島嶼嗎？可為什麼我們彼此之間錯過那麼長的日子，沒有在詩壇或家鄉相遇交心過？非僅於我吧，即連2016年黃克全兄所主編出版的《金門現代文學作家選——金門現代詩人》，除了沒有挑選楊巽詩作外，在其〈寸筆丹心——《金門現代文學作家選》編撰前言〉也不見楊巽名字。

大年初三在陳昆乾校長的府上，我與他首次見面，我問他為何找我寫序？他聊到高中時就讀過我的作品對我早有仰望，我愧不敢當。經深究原來他是在民國67年主編《金中青年》第五期時，讀到我發表在該期的兩首詩：〈瘋婦之一〉、〈瘋婦之二〉（寫於民國63.6.16，64.1.3修正）。我民國64年金門中學畢業，推算民國67年我還在就讀國立藝專且行將畢業，估計當時應是以校友身分受邀給校刊兩首詩稿的，總之這兩首詩發表後我也沒見過該期刊物樣書。秉訓近日掃描了年少這兩首詩作的電子檔予我，人年紀一大，一些年少的事有機會重新回溫一下，也讓人不勝感懷。秉訓是《金中青年》第五期編輯，我則是創刊號或前二、三、四期的編輯，也算是開基功臣吧？沒有那些舊物提醒，一些記憶也開始模糊。秉訓在該期「代編者言」引用《浯潮》第二期陳弘儒評論的文章，提到：「我們勸『金門文藝』的同仁應多向『金中青年』的同學請教」，所謂『金中青年』的同學，應該係指民國62- 64年編輯《金中青年》的許坤政（已歿）、許丕達、我、以及張國英等人吧，當時刊載於《金中青年》期刊內文稿，寫作的尚有許維民、蔡振念等同學。現在偶一回顧金門文藝發展軌跡，深覺若有甚麼值得書寫的文脈，我認為最不能忽視的應該是，除了金門日報副刊、蔡繼堯老師在金門救國團辦的《金門月刊》之外，最不能遺漏的應是金門中學學生主編的《金中青年》期刊，以及金門旅臺大專同學會主編的《浯潮》年刊，該年刊我曾主編過第四期，秉訓與楊肅民和呂坤和編的則是七、八期。現在想想我與秉訓既有這麼多的文藝發展交集點，為何人彼此皆沒見過？不曾交集究因彼此各自內向的個性及人生某一時期的困頓使然嗎？總之，直到秉訓寫電子郵件向我邀稿為其詩集作序，又隔數月才拉開這時間的序幕，重返少年橫槊賦詩、激情與理想的情事。英雄出少年，我一直抱憾楊巽不應該被埋沒的。

楊巽，本名楊秉訓，是浯鄉優秀人才，年輕時進入國立臺灣大學就讀並直升經濟學博士，現任職淡江大學經濟學系暨產業經濟研究所。五十七歲已近花甲之年，仍然寫詩，經濟學主業之外，其平生最大嗜好則為文史閱讀。他自稱情感專一，人事家國皆然。然而，我猜想秉訓作為經濟學者，恐偏於人文科學甚於社會科學多一些，經濟學的理性思考及社會關注仍然掩蓋不住他內心幽微一面的發光，也即在此種衝突之下詩歌方為存在。詩人介入現實的一面，從民國78年發表於笠詩刊的詩可見開始，金門經驗、生活環境、存在哲學思考、生命的基礎都成為寫詩的立基點。

此詩集收錄，大部份是從民國100年至105年所寫的近百首詩。尚包含有些早於民國78年所寫，更早於民國66年或者詩興起草，詩作保留數年後修飾完成的總集結，亦包括其極少數僅見於《金門縣作家選集新詩卷：仙洲酒引》之作品。一位經濟學者懷抱著浪漫情懷寫詩，想必寂寞，既無利甚至無名可圖，其所為何來？莫不是勇於受謬思召喚，甘於青燈下踽踽行走於文字阡陌，如今中年之後猶能堅持謬思信仰，擎起詩筆書寫不懈，畢竟不多。許多詩人寫詩發端於青澀少年期，成名於青壯期，像楊巽此詩集大部份集中於近六年的後中年所書寫，確實是一個異數。楊巽能如此認真對待他的詩作，系統記錄並結集，以《影子與我—楊巽詩集》命名共肆輯的打字影印稿，早在半年前完整寄給我，我因個人私事延宕不克立即為其撰寫序言，而延至今始能專心閱讀，實有愧疚。眼下，讀其詩、觀其量，我不由得感動莫名。

是的，看看他寫的這些詩、發表的時間，正是我於詩壇逃遁，隱身於大學學術圈子裡，甚少寫詩、發表詩，更少讀詩的空窗期。但這不是唯一的理由，楊巽何嘗不是渾然委身於高教的殿堂以春風化雨？我自忖人生激情或熱情已漸趨式微？或更大的原因來自於個人對詩的閱讀越來越有所要求，確認詩作為文學藝術中最為精微的載體，保有某種近乎崇高的敬謹。詩一方面反映了現實人生的精髓，一方面透析了精神層面的深不可測，而其文字語言之運用掌握及音韻、聲籟、行氣、結構等之掌握，需要具有高度的聰慧和靈敏隨著個人之內在底蘊而發揮。但我有一段較長時間已未讀到一些靈光乍現或令人低迴再三之詩作了，並由其文字閃爍中所帶來的讚嘆和滿足感，對於詩，有時最無法忍受的恰是平庸或無所感或不可解的詩作。事實上詩的無理之妙、不可言說的理趣和天趣，有時更接近禪的一種頓悟。對於楊巽長期作為理性的社會科學經濟學者，如何能脫卸現實的表象及沉重外衣，以詩之浪漫情懷無所為而為，則頗令人好奇。

楊巽何時開始寫詩，我並沒有問他，但在這本詩集裡，我見到他最早的詩為下面此首：〈秋興一首〉，由其標註的年代來算，應是高中三年級所寫。

民國六十六年夏舉家遷臺，獨留我在鄉完成高三學業。大學聯考壓力之下，季節更迭，不免孤單與寂寞。年少初嚐詩意，誌之以供珍藏。

深秋了！

我把西風望進
鼓鼓的家書卻被幾本「突破」
擠扁

（民國66.11.7寫，71.5.10修飾，刊載浯潮第8期，100.7.26改序並註）

後註：突破，參考書名。

此詩如他所標註的年代及自序，某種程度由其心靈的孤寂轉而發抒為詩，少年已初嚐詩意，且懂得寫詩，估計其人應該一輩子都不會離開詩。果真如此，以今天觀之，距離那作為金門高中三年級寂寞少年所寫詩的背景，已然相隔數十年矣。當年獨留孤島上一人獨坐孤燈以應付聯考，力求突破人生歷程困境所寫，彷彿歷歷在目。

楊巽的《影子與我—楊巽詩集》為什麼以影子命名？莫非詩與他如影隨形？影子是另一種現實的對照，像鏡中花水中月之鑑照？或壓力之外飄忽，無所不在的虛無感，或是另一種如夢如幻的詩意？

檢視他的〈影子與我〉：

寂寞的街燈下
我與影子展開長長的對話

帶著一身沉重的黃昏
疲憊的身軀，找到
短暫沉默的依靠，我點著一根煙
星光開始迷惑，徘徊於日與夜的邊界

影子，你跟著我夠久了
曾經相約
肩背青春行囊，在亮麗的陽光下
結伴探索大海，征服山巔
冷峻的燈光瞧著
他顫抖地挪了挪身體，清瘦的影子更加修長
應該又圓又大的一輪明月
在這個憔悴的歸途裡，顯得那麼遙遠

影子，記得嗎
清晨好奇浪漫的微風，想把我們緊緊擁住
盛午激動的熱情，要將你我融合
可是，漫長的白天牽引出現實的磨難
你和我的距離愈來愈遠

夜色凝重，影子認命地
逐漸隱沒在惆悵的回憶裡

影子，或許我們該在這裡道別

影子不回答
隨著夜的深埋，影子拖著病瘻身軀
孤獨地往黑暗裡
走了

（民國100.6.29寫，刊載創世紀詩雜誌第173期）

此詩語言稍嫌漫散，應可再濃縮。然楊巽以此單首詩名作為全本詩集統合，想必有其深意及對此詩的期待，「星光開始迷惑，徘徊於日與夜的邊界」影射現實忙碌中人的迷惘及徘徊邊界或邊緣，誰都懷想現實或實質的成就，可是：「漫長的白天牽引出現實的磨難／你和我的距離愈來愈遠」、「夜色凝重，影子認命地／逐漸隱沒在惆悵的回憶裡」都隱喻了該詩所要彰顯的現實意義。以如是觀，楊巽絕不是逃遁或純粹抒情的詩人，他的詩大部分都基於現實的感懷而書寫。

莊子的「罔兩問景（影）」是著名的寓言，其最大要旨在於諷諭人原本就是依附於世界的一分子，但卻不自知。一個人如果能覺悟：設若人心有所依附，並進而超越執見，便可理解萬物齊平的道理。罔兩是影外重影，必須依附影子而存在；影子又要依附形體才能存在。因此罔兩和影子的存在，都是有待的，有待是「要有先在條件」才能成立的意思。

任何人類的存在應都是有所依附的（依附形體），而其所依附的對象也是有依附別的事物而存在，像這樣的層層上推，彼此依附的存在關係，用之來做為詩人的觀看哲學或角度是極其相宜的。

詩似乎無法確切要找尋答案，總無法確定為什麼會這樣，或者為什麼不會這樣呢？我們存在的時間空間裡，人事地物景與人的意向性投射，或相依附互相轉注、假借，並做為表述傳達，可謂比喻。詩人要創作寫一首詩大抵很難離開抒情、表意、言志，其嫁接的還是比喻手法為多（含明喻、暗喻），楊巽的《影子與我》其中透漏的深意或詩「施以載道」應無違和之所在，不難閱讀。

「萬事萬物皆有所依附，層層相因，終極則不可知。」象由心生，形隨意轉，「影隨形走，形來則影來，形去則影去。自己都是依附他物而存在的，又那裡能問他物依附何物而存在？影子與罔兩的問題更彰顯出反諷意味。罔兩依附於形影，人的形體依附於心，心是形體的主宰，不能知心的精神狀態，即不能知萬物的原理，只從形體方面推究，是徒生枝節，無法明白真理。」（見國家教育研究院：辭書資訊網）

我個人無法認定楊巽的《影子與我》其初衷是否來自於莊子的哲思？近些年來我對於文學藝術創作的觀點，總持著凡人的哲學思考其實統御了個人創作的高度與深度，你有何種的視野和思考就決定了你創作的位置。

對於大多數孤島成長的浯鄉人，因成長困窘現實環境使然，其人生總會先從現實考量出發，然其內心的浪漫及對桃花源理想情懷始終未曾消退。秉訓與我均為如此，我們未曾於現實敗北下來，卻也戀戀於詩浪漫的行吟，我想中國歷代傳統詩人中，不是有諸多因仕途乖桀而轉於詩詞的抒發嗎？但看秉訓的〈浪漫的經濟分析〉：

含羞的島嶼
已然是蕩漾的季節
沒有經過預約，就無法擁有
面海的景緻

沙灘哪！是誘人的頸肩
月下散步的氣氛
得用情調音樂撥動，用成串珍珠
鋪陳一地散落的貝殼

風在耳邊廝磨
喜歡追逐，無止無盡的承諾
寬敞的跑車，載來
對你纏綿的情話

親愛的，在這見證幸福的夜

為著粧點無邊詩意
我會用更多鑽石光芒
綴滿星空

（民國96.7.18寫，刊載金門縣作家選集新詩卷：仙洲酒引）

經濟分析是理性枯燥的，加諸浪漫原本是衝突的，此〈浪漫的經濟分析〉其實是做某種現實的諷喻，或關懷，或自我幽默調侃戲謔，唯其如此，詩才彰顯出其張力。類此對比式的命題，如〈舉牌工之夢〉、〈儀表板的人生〉、〈海的謊言〉等均存在著此種況味。秉訓自謙：對有興趣的事才會起勁，毅力耐力不足，經濟學只為謀生工具，雖能提高理智，卻不能陶冶性情。然寫詩何嘗不需有抗壓性呢？

秉訓的輯名，非從輯內挑出一首為輯名，而是另外命名，可見其自許自況的深意。但《楊巽詩集》中四輯：壹、都市叢林，針對的是臺灣作為島嶼的暑熱、社會底層卑微的夢與心酸、農地事件等社會的紀實，類似報導文學的反應臺灣社會面向、人民、社會邊緣議題，寫實。貳、後花園小徑，則是透過臺灣風景區、旅遊特色景點等入詩。參、藏寶圖，意味著輯內的詩需按圖索驥，方能尋到寶物，寫詩是一種瓶中稿，讀詩是一種再發現的趣味，詩人的命題深意不言而喻。肆、返鄉專機，從詩題看得出明確的是金門意象，完全是金門議題的書寫。有淡淡的無奈和諷喻，寫的是家鄉的現實困頓與現況反思，有批判有議論有眷戀有景緻自喻有感抒感懷有歌頌有輕吟，看不出太玄奧的老莊哲學思維或存在虛無之感。

楊巽的詩具有現實性的概括和描述，各種周遭生活面向、社會發展議題皆能入詩，語言部份近乎直白或散文化，輕鬆不凝重，也無特別晦仄或其它藝術形式、流派的建立或爭議。個人覺得意象少了那麼一點氛圍的形塑，能造成驚喜或迂迴的空間、行氣語氣的講究，其詩風格的識別度更需要建立。但文學藝術是一條長遠的路，一個詩人在這樣風雨淫晦不明的時代，能安身立命靜默下來寫詩已不容易，況乎其他的要求？

文末，我願意引用他寫於78.6.26並刊載《創世紀》詩雜誌第76期的〈陽明湖畔〉。

此詩前段「一棵飽經風霜的老樹／靠著湖邊，斜伸出乾枯雙足／兀自洗濯他的年華／不曾引起什麼人注意」，極能反映出我對他此時此境的感受，詩是可感的，他書寫家鄉一棵老樹，卻也同時讓我自況自喻起來。此詩後四句：「閒情無寄，乃以其殘缺的手勢／招棲幾隻愛談論的鳥雀／對著青山綠水，相伴／而且吟哦起來」，楊巽若是閒情無寄，如今，我則也是閒談的鳥雀。但願，此序能招棲更多愛談論的鳥雀。

二〇一七年二月脫稿於新北市板橋家居

張國治：著名作家及藝術家，福建師範大學美術學專業博士，國立臺灣藝術大學視覺傳達設計學系、創意產業研究所博士班專任教授，大陸廈門大學、華僑大學客座教授，曾任國立臺灣藝術大學視覺傳達設計學系系主任兼所長、文化創意產學園區文創處處長、推廣教育中心主任。著有詩集《三種男人的情思》等九冊，散文集《愛戀情節》等五冊，評論集《金門藝文鉤微》及攝影集《暗箱迷彩——張國治視覺意象攝影》等十七冊，並曾主編福建海峽出版社《臺灣文化創意產業大賞》。

# 楊巽詩集序

呂坤和

《詩經》大序有言：「詩者，志之所之也。在心為志，發言為詩。情動於中而形於言，言之不足，故嗟嘆之；嗟嘆之不足，故永歌之；永歌之不足，不知手之舞之、足之蹈之也。」另外，《論語》書中孔老夫子也曾說過：「小子！何莫學夫詩？詩，可以興，可以觀，可以群，可以怨。邇之事父，遠之事君。多識於鳥獸草木之名。」它們的意思都是說，詩是一種可以抒發情感的工具，早在先民時代就發現詩的妙用無窮。

楊巽的詩集《影子與我》即將付梓，求序於我。楊巽本名楊秉訓，我在金門高中就讀時高他一屆。民國七十年我讀師大美術系期間，秉訓和楊肅民、楊文智等人在編金門旅臺大專同學會刊《浯潮》第七、八期時，就選在師大附近我的工作室當基地，我負責美編，他們負責文編，大家在一起完成了兩期的會刊。《浯潮》主要是聯絡金門旅臺大專院校的全體同學的一本刊物。

民國七十一年，他在臺大商學院夜間部舉辦活動時，也曾請我幫他推薦師大美術系的老師到臺大去演講，記得我介紹李焜培教授給他。後來他直攻臺大經濟所博士班，取得學位後一直在淡江大學經濟系任教迄今，是一位學有專精的旅臺金門學者。《金門縣志》在翻修時，有關經濟志就是出自他的手。

秉訓兄在求學階段就展現過人的才氣，做學問的功力紮實。他雖然術業有專攻的是經濟學，但是對於文學方面，還是保留高昂的興趣，多年來也一直維持這項嗜好。新詩一直是他心靈深處的寄託，即使在百忙之中，只要有所感，就發而為詩，這本詩集就是最近幾年在這種情形下集結而成。

我的本業是繪畫創作，對於新詩可以說是外行。但詩和畫脫離不了關係，古人不是說過「詩中有畫，畫中有詩」，以詩入畫，以畫入詩，兩者可以相得益彰。無論是古代的唐詩、宋詞、元曲，或是五四白話文開始的新詩，詩的本質還是沒有變，都是在吟詠、宣洩詩人的內心情緒或傳遞時代的脈動，藉以取得和讀者間的共鳴。

好的作品永遠不怕寂寞。聊綴數語，也兼祝賀秉訓兄大作順利出版。

金門縣文化局局長　呂坤和謹識

呂坤和：著名藝術家，國立臺灣師範大學藝術學博士，金門縣文化局局長，曾任國立臺灣師範大學美術系助理教授、中國科技大學視覺傳達設計系助理教授、大陸廈門大學藝術學院客座教授、國際彩墨聯盟畫會秘書長、青溪畫會顧問。擅長水墨及版畫，經常參與國內外各類畫展，曾榮獲2013年德國iF傳達設計獎、臺北市立美術館水墨創新展創新首獎、臺陽美展版畫設計銅牌獎、西班牙國際版畫展入選等。

# 自序

詩是一種文學工具，形式須帶美感，實質則必有物。這是我簡單直覺的見解，無關什麼高深的學院知識。美感修辭，難以詳細列舉；內容表現，既要觀照自身經驗，又要引起讀者共鳴。

所謂物，或是人生際遇的抽象情感，或是對社會發表的具體論說。若是一種短暫情緒，詩的意味難以綿延。若是一些片段觀點，也不能成就詩的架構。僅有詞藻堆砌的絢麗不過是虛幻的風花雪月；只是直率鋪陳的經歷，未能留給讀者想像的空間。倘能借景寓意，寫具體有限之景，立抽象無窮之意，則詩人的感觸當能盡情發揮。有人說好作品要讓人感動，沒錯，但讀者感動的可能只是詩的外顯寫法，或僅來自詩本身的隱含意義。也有人說好作品要有新意，對的，詩的形式不僅要呈現新奇，詩的內涵也要傳遞時代脈動。

我的看法如上。雖然生性疏懶技待啄磨，常有鬚斷之嘆，還是陸陸續續寫了一些，作為自己觀點的實驗。現在結集，或許離理想境界甚遠，總是紀錄過往嘗試。部分曾蒙報刊不棄，勉予登載。至於質劣粗陋之作，因是雪泥鴻爪，平生感想，也就一併獻醜了。

民國百零五年寫於為之齋

# 影子與我——楊巽詩集

目錄

目錄

## 貳、後花園小徑

**參、藏寶圖**

## 肆、返鄉專機

# 壹、都市叢林

# 臺灣島的暑熱

熱啊！熱
高山的額頭上
依稀見到　髮際正冒著怒氣
河流為了躲避炎熱
打起赤膊　四處找尋涼爽的風
農地裡的作物
無人解救　一個個垂頭屈膝
水庫裸露的土塊

像老人乾癟的臉龐　預告未來

發電廠的煙囪
為了這檔緊急的事　已經火冒三丈

高樓大廈的冷氣
還在彼此爭吵　互相吐槽

熱啊！熱

大地裡所有萬物
都在痴痴地等　愛秀的大老爺快離開戲臺

換一齣戲吧！
別再每日重演　無止無盡的苦難

（民國 105.7.28 寫，刊載臺灣現代詩第 48 期）

# 火

借走了大紅熱情
它狡猾地　只還給我一小堆灰燼

（民國 104.8.29 寫）

# 手工傘

新竹身障患者張孝群，自學製作手工傘，質佳漂亮。最初在新竹、臺北擺攤販售，經口耳相傳，常見慕名者大排長龍購買。現除在網路拍賣，也巡迴全省促銷，為自己撐起一片美麗彩色人生。

傘不想抱怨
赤熱天
它默默以纖瘦的傘棒
撐直
拐行的脊背

傘也不想生氣
風強雨驟
它努力以柔軟的傘骨及傘布

遮擋
老天斜看的眼神
傘以纖瘦的手
和柔軟的心
認真等候
一場
繽紛跳動的人生交響樂

（民國 104.8.28 寫，刊載葡萄園詩刊第 212 期）

# 舉牌工之夢

立在路邊
日復一日高舉豔陽
暑熱中
裊裊升起一幅夏之海景
一整群熱帶魚
擺動著鰭
游進大樓
瀑布傾瀉下的深潭

跳入
視野絕佳的豪宅泳池
牠們張合嘴
彼此附和催按喇叭
叫醒
魚缸玻璃外的夢
那一刻
只能在看板下躲避房價的我
差點就擁有了
自己建立的春天城堡

（民國 103.8.16 寫，刊載臺灣現代詩第 40 期，《十年詩萃，臺灣現代詩選集》入選）

## 哭泣的農地

他穿著筆挺，談吐優雅
以萬分疼惜的口吻
對著清秀可人的我，哄騙著
一定會給我滿滿幸福
他帶我逛街，看遍琳瑯滿目新穎百貨
送我閃亮鑽戒，又買了時尚衣服
然後，將醺醺然難以拒絕的我帶到小旅館

他露出飢渴表情
粗暴地把我推入房間
在我臉上撲粉，嘴唇塗抹口紅
重新打扮的純樸農田，有了體面顏色

他興奮起來，喘息著
用力扯掉裙擺，撕下內衣
開始在我身上動手動腳

他東抓一塊，西捏一團
活像地痞流氓，有如土豪惡霸
被濫墾濫建後的我，不斷抽痛流血
晨風靜默地轉過身拭淚
紅腫的晚霞失神奔逃
他卻若無其事抽起煙來
吞進春的氣息，吐出秋的蕭瑟

望著家園褪去衣衫的凌亂模樣
傷心的我，絕望悔恨地哭了

（民國 103.8.15 寫，刊載葡萄園詩刊第 206 期，增訂一字）

# 回家

民國一百零三年七月廿二日颱風夜澎湖空難，復興航空乘客許女母親，得知新聞趕赴高雄小港機場，衝向櫃檯詢問女兒下落。聽到女兒搭上死亡班機，雙腳癱軟坐倒地上崩潰嚎啕。當時一片混亂，突然接獲電話告知女兒沒死，便破涕為笑；後又傳來消息獲救的不是自己女兒，再度放聲痛哭。最後確認，女兒真的在獲救名單，馬上開心得跑到外頭又叫又跳。

被風雨吹得緊繃
顫抖著即將掉落的一絲希望
終於，跟著風箏回家了

（民國103.7.24寫，104.2.4修飾，刊載葡萄園詩刊第206期，修改前序一字）

# 迷宮

直的來橫的　□□□□□□□□□□□
□□□　去　□□□□□□□□□□□
□□　上高　□□□□□□□□□□□
□□　低下景觀　□□□□□□□□□
□□□□□　曲曲折折　□□□□□□
□□□□□□□□　無　□□□□□□
□□□□□□□　傳論　□□□□□□
□□□□□□□　奇　□□□□□□□
□□□□□□　或抑　□□□□□□□
□□□□□　單簡　□□□□□□□□
□□□□□　平凡循著難　□□□□□
□□□□□□□□□　以回頭　□□□

□□□□□□□□□□□　的　□□□

□□□□□□□□□□　我路　□□□

□□□□□□□□□□　們　□□□□

□□□□□□□□□□　唯　□□□□

□□□□□□□　的同相一　□□□□

□□□□□□　劇悲　□□□□□□□

□□□□□□　就是尋找命運的出　□

□□□□□□□□□□□□□　口　□

（民國 103.2.26 寫，103.6.22 修飾，刊載金門文藝復刊 4 號第 61 期）

# 真相

白皚皚的雪地
　一棵樹

一朵白雲飄過
　黑黝黝的森林

（民國 103.2.7 寫，刊載葡萄園詩刊第 205 期）

# 命案現場

那晚
我被謀殺了

因為太早洩漏
有關我對你深藏的秘密
惹惱了你
無預警
掏出鋒利直率的小刀
刺中我的真心

既不接受我的告白
亦不讓我乞援

我的自尊四處噴濺
我的憂傷被拖行
拋棄在昏黯叢林
連一個掩埋的機會都沒有

（民國 103.2.7 寫，103.6.22 修飾）

# 假設

——一個經濟學家的說法

假設語言
不再是掮客犀利的工具
而是拍岸浪花
沖撕輕浮的廣告
張貼亙古誠意
一大片閃爍的辭藻　就是
光彩奪目的黃金

假設子彈
裝填的不是利益
而是彩紙

好像紐約時代廣場
降下新年希望
槍口　將會在全世界爆開
朵朵美麗的鈔票

假設路邊細沙
不被鄙視
而是鍾愛的寶貝
風如常走過
平凡寂寞的沙漠
也能炙手可熱　變成
價格飛漲的房地

假設黃金、鈔票和房地
不再稀奇
而是多餘的負擔
就像陽光、水和空氣

那麼　我們就不必
在談判桌上、戰場和都會區裡
做出痛苦悲壯的抉擇

（民國103.2.6寫，103.6.22修飾，刊載臺灣現代詩第42期，校訂日期）

# 聞美國境內百年風雪

祂俯身
拾起北極之鞭
抽向
貪婪的華爾街金牛
循著碳足跡
一個迴旋
連本帶利支付
百年積累的冷酷
至於
整廠輸出的
怒吼
就留在樹上

屋頂
小心翼翼等候
陽光出面
再噹噹現實明白的滋味

（民國103.2.5寫）

後註：所謂北極渦旋，亦稱天氣之鞭，係指北極強大沉降氣流將高空冷空氣壓至地面，造成超級低溫。二零一四年初紐約急凍，一夜驟降五十度，北美洲壟罩於百年風雪當中。氣象學家認此現象源自地球暖化，後者則與二氧化碳排放有關。一九九二年二月，世界銀行首席經濟學家勞倫斯森瑪士於《經濟學人》宣稱，支持鼓勵高污染工業遷往落後國家。同年五月又針對全球暖化發表意見。他說：「有人認為，為履行對下一代的道義責任，現在須採取優先的環境投資政策。這是愚昧之見。因為促進基礎建設，造福後代不會比保護雨林更為遜色；增進科學知識，也和減少二氧化碳同樣有益後代。」不只是經濟學家，所有先進國家之政客，莫不對全球暖化冷眼旁觀。美國人口佔全球不及百分之四，而碳排放則逾百分廿五，二零零一年美國總統布希拒絕批准限制溫室氣體排放的《京都議定書》。雖然二零一五年全球一九五國再簽署《巴黎協議》以為取代，但其前途依然未卜。

# 槲寄生

懷抱著愛意
覬覦著你
為了興建美麗的家
開始日夜糾纏

也品嚐陽光
也嘬吮樹汁
全力經營
搖曳生姿的空中樓閣

慢慢地
終於寵愛到無以復加

風只好轉移
熱烈歡迎纍纍的紅果實

他們說
這就是所謂ＢＯＴ

（民國103.1.17寫，刊載臺灣現代詩第37期，增改六字及註）

後註：所謂ＢＯＴ（Build-operate-transfer），是指公共工程委由民間興建及經營之後，再轉移給政府的一種施政政策。

# 哈哈鏡

凹進去打量背景
凸出來計算才能

委曲自己
張嘴幫大家評鑑世事

（民國 103.1.16 寫，刊載臺灣現代詩第 37 期）

# 退休計畫

年老的他
開始實現一輩子的願望
將年輕的熱情
灌注
電視螢幕每一寸
直至夜深

螢幕外　夢見
螢幕裡　框住一個遙遠的夢

（民國103.1.15寫，104.5.14修飾，刊載葡萄園詩刊第208期）

# 爭吵

外邊的瑣事
由不起眼的牆角
滲入
漫出　一片水漬
逐漸形成壁癌

再無法
恢復舊觀

（民國 102.4.11 寫，103.1.12 修飾，刊載葡萄園詩刊第 207 期）

# 提神飲料

——記臺灣散落在外的九千萬支空玻璃瓶

你是精力旺盛的提神飲料
每日懷著希望上工
喝一口
緊裹單薄的晨霧
呼乾啦！
與熾烈陽光一同揮汗

以爽快透直的滑動模板
灌進滿滿的風和雨
不斷朝堅定凝固的期限爬升
以細長的懸臂

伸向藍藍的天際
吊裝一年一年的青春

兄弟啊！
飲完青山綠水
裝飾好別人的美麗風景
我們僅餘的樂趣
就是驅車下一張振奮的勞動合約
將無邊煩惱拋丟在後

讓一支支從天而降
流落田野路邊　掏空自己的玻璃瓶
和著一棟棟高聳入雲
住進豪門　搬來富貴的大樓
默默
如溪與山一般對望

（民國102.4.5寫，刊載臺灣現代詩第34期，修改一字）

# 選擇

——記陸客群觀臺東水往上流奇景

究竟是向上提昇
還是往下沉淪
他們說
那是當時　大家唯一的集體選擇

隨波也好
推擠也罷
走過暴風驟雨
正邪只有自己最明瞭

回首既往

這獨有的景觀
不過是
周遭傾斜於坦途
迷惑眾生的　一場精算的騙局

（民國 101.12.19 寫）

# 水壩觀洪

他慷慨激昂
宣告
往前是唯一方向
讓我們團結　展現磅礴氣勢
等待陽光照耀　建立
美麗彩虹

所有水滴都相信了
他們前仆後繼　一躍而下
轉瞬間
消失在遙遠河面
只留下幻影　擁護

# 偉大的水壩

（民國 101.12.13 寫，104.8.26 修飾，刊載臺灣現代詩第 44 期）

# 在淡水捷運邂逅一個午後

沁涼的空氣傾斜地抖了幾下
捷運的門欷地打開
一股溫熱吵雜氣息隨著腳步急切湧進
對面車窗射過來的陽光左閃右躲
想要找回原有的視線
山無辜地歪頭望我
雲自顧自地依舊閉目養神

我感覺剛建立的王國
轉眼之間領土就被侵略一大半
還在思索為何接收這個位置
高架橋下的樹梢又開始搖手說再見

夏日的天空竟然如此湛藍
招潮蟹的泡沫咕嚕咕嚕還停留在腦海
連灰濛濛的大樓都沾上河口紅樹林的泥巴味

一對情侶依偎著講起悄悄話
呢喃流連在自己的世界
視若無睹故意邀請大家來窺探
不斷嘲笑別人的青春已經一去不復返
旁邊時髦打扮的女子趕緊補起妝
順便撥通手機宣示她也是名花有主
微翹的假睫毛看得出刻意經營的可愛與溫柔

就在此際都市難得一見僅存的農田映入眼簾
隨即以蠶食鯨吞的速度退縮
我無法盯住風景索性讓它遠離
一股莫名的感傷顫顫地自胸中爬升
忽然想到柴油火車搖晃著經過南臺灣的時光

大片稻田香蕉園和曬穀場上啄食的雞鴨
已經不再有日思夜慕鮮明的顏色

另一邊山嶺感受到灰黯的情懷
壟罩的雲霧軟綿綿癱在山頭
一群海鳥飛過叫著想要它別滴下淚來
轟轟地車廂轉進地下道
忽然我短暫地迷失了此行的目標
誤以為所有旅客都要在特定的驛站下車
還疑惑時間會不會凝固在沈重的黑洞

一位老者耍著木劍球踱步過來
沒有要停歇坐下的意思
他小蹲馬步陶醉在完美的拋接技巧中
想像全車如雷的掌聲
幾個放學的小學生看得目瞪口呆
驚訝那過時玩具竟然能搬弄出無限可能

連手上的遊樂器都忘了廝殺

街景再一遍蹣跚走向眾生
兩三盞霓虹燈反常地提早大聲呼救
要經過的人別遺忘它的存在
車廂內的擴音器慢條斯理重複著巡視
每個早就被人預訂一空的站名
無論是緊張的生客抑或睡到自然醒的熟客
不是自己的景點就不該無謂逗留

這我是完全同意的呀！我吶喊
我一向按部就班遵照計畫表行事
不曾蹺家脫離既定行程做一回真正的自己
但今日豪邁的青山以雀躍的綠波邀飲
爽朗的白雲以熱情的陽光招喚
我決定不按牌理解放被囚禁的人生
重新學會建立一個自由的國度

（民國 101.12.4 寫，102.3.4 修飾，刊載臺灣現代詩第 33 期）

# 一滴水的自由

即使關得這麼緊
那水
還是在黑暗中　想盡辦法
滴了下來

靜夜裡
憋了許久的聲音　落在空曠的地
就是
那麼響亮

（民國 101.9.20 寫，刊載葡萄園詩刊第 197 期）

# 監視器

不知道什麼時候
社區路口裝上一隻眼睛

每個清晨
它認真目送我上班
黃昏
盯著我沈重的公事包回家

就連晚上倒垃圾
它都要注意
我和鄰居們無聊的閒話

最後
還不忘偷瞄
我帶走的餿水桶清乾淨了沒

它是如此盡責
風雨無阻

我能體會
它真正的煩惱是
不曉得我用什麼角度在看它

（民國 101.9.20 寫，102.3.1 修飾，刊載葡萄園詩刊第 198 期）

# 痞子的茶癮

一片真心
渴望熱烈的浸潤
她迅即舒展　不再矜持
任你品聞

沈溺的青春　短暫的賞味期
轉眼間香消玉殞

無聊的黑夜
不斷啜飲　虛空中的回甘
於是　濫情的你
竟養成了該死的茶癮

（民國 101.9.16 寫，104.12.29 修飾）

# 垃圾電郵

夜裡，海嘯席捲上岸
摧毀一切規矩
推銷所有不堪卒睹的景色

晨起，我只能
埋首一片狼藉的垃圾堆
收拾人生的價值

（民國 101.9.14 寫，101.11.22 修飾，刊載葡萄園詩刊第 197 期，校訂標題一字）

# 借據

一張抵押友情的借據
即將到期
我在紙上計算
這位摯友的價值

過去的全部付出是本金
認識的時間是借期
親疏遠近作利率
真心的程度決定有無寬限期

我想起
許多彼此共有的美好回憶

還有不少
齊心協力成就的事物

這些無法分割拿捏的變數
不曉得該列哪一項

起風了
一張輕輕薄薄的借據
差點被無情吹離
我捨不得
又緊緊抓住在胸前

（民國 101.9.9 寫，103.6.22 修飾）

# 為民服務時間表

短手追著長腳
忙碌不停
百依百順照顧一整夜
竟還賴著呼呼大睡

她發脾氣了

打定鐵的主意
不再留戀
就是要把不知憐惜的他
趕下溫暖的床

她發脾氣了

他依然故我
忘記昨日誓言
忘掉今日肩負的責任
也忘掉明日擘畫的遠景

她又發脾氣了

他毫無反應……

她徹底絕望了
她不說話了

（民國 101.8.31 詩興，104.11.19 寫成）

# 畫像獨寫

他擺出雄偉姿勢
為了睥睨所謂新生的國度

理想也罷
革命也好
最後還不是
砍掉一棵棵大樹
特製專供折磨的紙
加上防偽設計
將自己頭像印上了鈔票

（民國101.7.19寫，101.9.1修飾，刊載臺灣現代詩第32期）

# 流浪漢

他捲曲著身
在公園長椅瑟縮
他是捲曲的樹葉
緊摟著
路邊不起眼的乾枯日子
他像捲曲的茶心
等待甦活

（民國101.7.18寫，刊載臺灣現代詩第32期）

# 冷氣機素描

山這頭　一座瀑布
傾瀉　整個夏日的沁涼
山那頭　病懨懨的都市叢林
不斷咳出　陣陣暑氣

（民國101.7.17寫，103.7.15修飾，刊載葡萄園詩刊第207期）

# 教訓一間教室

親愛的椅子們
請大家坐好，不要東倒西歪
坐要有坐相
將來才能行得正、走得遠

右邊那個窗簾
不要沒事去掀別人的裙子
你不知道，每個人
都有他自己的隱私嗎

掃把跟垃圾桶
別再嬉鬧了

趕快回到座位
老師接下來要講重點

手機同學，關掉你的遊戲
上課要專心
用功聽講
不然會玩物喪志

喂！我說什麼你們有沒有在聽
所有桌子通通給我起立
好好反省三分鐘
想想你們犯了什麼錯

我猛拍講桌
一根粉筆
趁著不注意
蹦蹦跳跳溜出了教室

（民國101.7.14寫，刊載中華日報101.12.3中華副刊）

# 電扶梯

抬頭望　有新天地　等著　冒險與開創
我們往前　正直地　穩重地　奮發向上

轉身回頭　歸途　風濤和雨浪　已無蹤
謙卑地　驕傲地　不留遺憾　瀟灑走下

（民國100.8.10寫）

# 交友網站日記

夜愈來愈深
手在鍵盤上不斷鋤田
在螢幕囚禁的月色裡，播撒浪漫
種植美麗迷人綽約的風姿

明知就是孤單，還要對著千萬個虛無
假裝他們非常懂你，認真聽你

每天淩亂度過的字符
硬是，被耕犁出整齊高雅的生活
遺忘防曬的容顏，枯萎的身形
交由繪圖軟體細心灌溉

死當的愛情學分
在這誰都不認識誰的世界裡，終於甦醒

日子雖然黯沉，拔除掉寂寞野草
竟也能，讓憧憬滋補養分
彈指之間，開了花
結出，隨手可摘的甜言蜜語

（民國100.7.26寫，刊載臺灣現代詩第30期）

# 百工圖

國際咖啡組織警告，咖啡香濃歉收
咖啡的苦澀盲目增產，咖啡價格即將崩跌
那不勒斯持續罷工
義大利咖啡機，出口的溫柔數量已經銳減
為了降低溫室效應，美國課徵遲鈍的家畜排氣稅
每加侖鮮奶成本提高八美分
澳洲連日乾旱，追求者砂糖報價攀升
轉單效應帶動果糖甜蜜需求
春夏情意趨暖，原木堅固成長
北美紙漿庫存增加，糖包用紙供應穩定
塑化劑風暴再起，不肖業者收押
薰衣草森林急切撇清

搭配熱情咖啡之戀奶油球，已經檢驗合格
創意生活系列杯組，設計出浪漫玫瑰
在陶瓷新品評鑑展一舉榮獲
最佳創意、美感創意、市場創意三大獎
經過連夜搶救，因為颱風醋勁擱淺的
載運咖啡豆之巴西貨輪船員 ，終獲平安等待歸鄉

我端起漂亮杯子，啜飲一口午後香甜
悠閒地，讀著我的財經報紙

（民國100.7.24寫，100.10.10修飾，刊載臺灣現代詩第28期）

# 給火蟻取個本土的名稱吧

——四十年後仿前輩桓夫之詩

嘰嘰不停地　奔走
爬在我們崩解的家園裡
說是分巢
分巢　就搶一堆私藏的活命的糧跑了
究竟
有多少火蟻真正受苦
有多少火蟻值得敬重
在我們的家園裡
在祖傳的土地上
我們底家愈來愈崩解了

（民國100.7.18寫）

# 扔了吧！為民喉舌的複印卡

需要與人講理的時刻
立即大方站出來
用一種捨我其誰的姿勢
塞進，毫無抵抗能力的讀卡機

以極盡諂媚之工具
竄改自己不喜歡的真相
一張又一張，把修飾英挺美麗的面貌
複印在眾人腦海

看吧！像私闖民宅的竊賊
沒翻遍所有腦袋，肯定不會離開

如若感應不良色粉成分不佳
印壞了就關進垃圾桶

可憐原本清白的紙張
如此輕易，就受了欺矇和詐騙
還得死心塌地一路相隨
團結一致，繼續等著出賣自己

可惡啊，這狼狽為奸的幫兇
難道不瞭解
處心積慮預備的儲值
總有用完之一天

到時，就算是逆來順受沉默寡言的機子
也會看清，奮力一搏將廢物吐出

（民國100.7.17寫，100.10.10修飾，刊載臺灣現代詩第29期）

# 老兵復健

自從解嚴
俺二十歲的古寧頭的腰
三十歲的八二三的肩
像廢棄戰車和砲管
開始鏽了

等不及民國百年
俺愛唱滿江紅的營長走了
愛唱梅花的連長走了
愛唱中華民國頌的士官長也走了
留下俺孤零零一個小兵

俺年輕老想拿頭顱買骨氣
不料閻王嫌個小
只換回身上幾處彈疤
現在倒成了
政客背上要剔除的刺

唉唷唉唷　很痛很痛
別再雷射俺古寧頭的腰
也別超音波俺八二三的肩了
只要輕輕電療
俺八十歲關節的酸楚就好

（民國100.7.15寫，101.3.17修飾，刊載葡萄園詩刊第194期，修改二字）

# 恐懼

邪惡涼意
瀰漫　寂靜四周
黑暗中　可疑的動物
死盯著瞧

魅影張牙舞爪
不安　自腳底竄升
好像有什麼嚇人東西　藏匿身邊
等著跳出

寒風一陣一陣
眨動　幾百隻兇眼

想要抓我　咬我　吃掉我
呼喊　也無人回應

落單的我
賣力掙脫　惡夢拼命追趕
啊　掉進無底深淵了　一直掉　掉　掉
緊閉雙眼　渾身顫抖

突然
前方　有了動靜
一息燈光
閃亮在曠野

（民國100.7.9寫，104.12.30修飾）

# 遇見一隻鴿子之死

咕嚕咕嚕
陽光披灑雙肩
榮耀牠的職業，襯托
崇高地位

咕嚕咕嚕嚕
鴿子大搖大擺，邁步街上
驕傲地，露出充滿使命感的模樣

咕嚕嚕
牠昂首闊步
舉起翅膀指揮著東、指揮著西

站在繁忙世界中心
自認優秀有責任維持正義

咕嚕咕嚕咕嚕
一輛輛車子揚長而去
偶然編織變調樂章，離譜的喇叭
不時搶遞一聲斥嚷

咕嚕嚕咕嚕
發飆的車流，堅持既有路線
不理不睬無視和平呼喊

咕嚕咕嚕
牠快速奔向熱點
高掛閃亮臂章，伸手阻擋
制止紛爭

咕嚕——嚕……
嘲笑的車輪
當場把自信的鴿子
輾葬

（民國97.5.28寫，104.11.20修飾）

# 浪漫的經濟分析

含羞的島嶼
已然是蕩漾的季節
沒有經過預約，就無法擁有
面海的景緻

沙灘哪！是誘人的頸肩
月下散步的氣氛
得用情調音樂撥動，用成串珍珠
鋪陳一地散落的貝殼

風在耳邊廝磨
喜歡追逐，無止無盡的承諾

寬敞的跑車，載來
對你纏綿的情話

親愛的，在這見證幸福的夜
為著粧點無邊詩意
我會用更多鑽石光芒
綴滿星空

（民國96.7.18寫，刊載金門縣作家選集新詩卷：仙洲酒引）

# 儀表板的人生

站在指揮臺上，我開心地
向左向右，像風向器一般顫抖
摸索
未知的世界

右邊
滿載青春與活力，等待
恣意揮霍
輕輕地，指揮棒躲在角落
訴說整個夏天的熱情

中間

一首快板、慢板、與極快板相互追趕的
舞曲，引伸出懸疑的變奏
當過往路樹扭動身軀
向我臣服
只見天上白雲
神秘地對我微笑

左邊
氣氛轉到最高點，微風也呼嘯讚歎
然後，我就朝廣大的觀眾席
拋出一個
謝幕的飛吻

（民國96.7.17寫，刊載金門文藝第24期）

# 紗窗

每日，我隔著它
渴望地，捕撈遠方的夢
它卻僅僅濾下
一點一滴：青春、苦澀、操煩、落寞
直到視野
模糊

（民國96.7.16寫，刊載葡萄園詩刊第178期）

# 考古發現

缺氧的岩層，幾具貪婪軀體
拼命爭奪
泥質，深深腐敗
留下產權證明的化石

喧囂與紛擾，變作偶然掘出的細響
歸入展場的屏息

（民國96.7.7寫，97.4.15修飾，刊載葡萄園詩刊第178期）

# 貓的畫風

想當畫家的貓，選擇我陳舊的座車，作為畫架。
在這個開闊的停車場裡，藍的天，白的雲，綠的草地，全是牠蒐集積累的素材。
牠用梳理過的貓爪，在畫布上描繪，對於人世間的精闢見解。

可惜呀！不管怎麼調色，牠的畫，都是黑白不分的調調。

（民國96.7.2寫，散文詩）

# 教授日誌

黑板是
一
面
廣
袤
的
湖

我不斷投石
漣漪經過
一遍，又一遍
熱烈地

他們交互印證
美麗繽紛的世界
慢慢地，清晰地呈現在眼底

（民國83.1.30詩與，101.7.13寫成，刊載葡萄園詩刊第195期）

# 外遇

自信的蟲子
小心爬向
蛛網
後方盛開的繁花

風開懷大笑　提走滿溢的花香
春的迷戀
只留下
夏的乾啞嘆息

（民國83.1.24詩興，103.7.21寫成）

# 臺北街頭

一隻迷途麻雀
匆匆停駐　在街頭孤單的公車站牌上
艱難的路線表
它不懂從何讀起

（民國78.9.15寫，100.7.1修飾）

# 竹的坦白

——近日讀關說新聞有感

一身高傲的氣節
無私的心，以及
總是款擺著
護衛著某方的姿態

雖然，有時天空晴朗
關懷的微風吹來，我也會
輕輕地
倒向另一邊

（民國78.9.9寫，刊載笠詩刊第155期）

# 信

雖然有時也曾誤遞，甚至
查無此人

長夜裡
我用誠摯封緘
厚厚的情愫
貼一枚孤獨的郵票
一再嘗試
投寄某一扇等待的門

（民國78.7.9寫，刊載笠詩刊第153期）

# 貳、後花園小徑

# 手機訊號

三格　四格　滿格
讓我們
觸摸到　大堡礁翡翠綠的海底美景
看到　蜿蜒的萬里長城
聽到　風吹過非洲大草原

兩格　一格　沒訊號
讓我們
又觸摸到　大堡礁翡翠綠的海底美景
又看到　蜿蜒的萬里長城
又聽到　風吹過非洲大草原

（民國105.8.3寫）

# 夜幕

夜的憂鬱
是暮色中漸糊的一抹樹影

趁著昏黑
他把重重重重的
曾經背負的美麗夢想
偷偷偷偷埋入
無力的緩緩緩緩下墜的現實裡
連月色也難再拉拔

孤獨的他　最需要
陽光輕輕輕輕地

掀開圍幕
展示
明亮的前景
以熱情　以晨風的微笑

（民國 104.8.29 寫，104.12.2 修飾，刊載葡萄園詩刊第 210 期）

# 鳥果共生

果園裡　香甜的水果
又來到成熟季節

為了健康
堅持不施農藥　也不撒化肥
為了保護生態
必須讓草和果樹自由生長

這樣的說詞
廣大群眾如何確信呢？
那就讓我的爪和嘴　先替您

仔細審批吧
通過的
您應該就能自豪自給了

（民國104.8.27寫，刊載臺灣現代詩第44期，校訂日期）

# 原野風光

兩隻公鹿
以犄角纏鬥
在
一
片
優雅
的草原
在這張廣大的談判桌上
除了風聲
誰都不肯輕率

透露
血脈賁張的慾望

（民國 103.7.23 寫，104.12.6 修飾）

# 霧鎖觀音山

曾經激動
澎湃千萬年的熱情
不再興奮推擠
只留下脊背相連的遺跡
你
沉默了

東北季風盛行
霧靜悄悄
躡手躡腳地
爬上彆扭的彎曲的山路
我

再也看不清前方
硬漢嶺上一座硬漢碑
迎向寒風
守著濕冷的家園
等了好久
他
終於流下一滴凝重的淚水

（民國 103.7.20 寫，刊載葡萄園詩刊第 204 期）

# 放天燈

纖薄的過去
擁抱明亮的未來
　　一盞　快樂
　一盞　幸福
一盞　成功
　一盞　如願
朝向無邊希望
練習飛升
黑夜

張開千萬隻眼睛
以雀躍興奮的心情觀賞
地上
短暫的流星

（民國 103.2.6 寫）

# 樹葉和陽光

原以為
這座美麗蓊鬱的森林
誰都能平起平坐
幸福
如陽光灑落

哪知道
高高在上的
樹和葉　竟編織出鮮明的旗幟
用千雙銳利的眼
分隔

一叢　歡笑的花草
一旁　淚溼的蕨蘚

（民國 103.2.5 寫，103.6.27 修飾）

## 賞月

昨夜
失眠的月色
又從寂寞的屋子　溜出
窗外

靜默地
抗議
一群失控的鄉愁　推擠著
淹沒我的窗

（民國 103.1.13 寫，104.1.11 修飾，刊載金門文藝復刊 2 號第 59 期）

# 角板山公園賞梅

——民國過百重溫抗戰心情

大漢溪畔，深秋
遊客稀疏
我獨自觀賞枝上寒風
吐納
一片潔白
綻放過往驚奇

一群小學生來了
陽光照耀
臉蛋稚嫩通紅
就像將臨的春天

他們興奮嚷著
看哪！好多漂亮的櫻花

（民國 102.10.18 詩興，103.1.12 寫成，刊載葡萄園詩刊第 201 期）

後註：民國百年之後臺灣頻遇秋季低溫，百零二年九一八國恥日剛過，深秋十月冬梅早開，春櫻先放。一日奇聞，觀眾淡然；既嘆自然莫測，復傷社會錯亂。

# 海的謊言

讀古遠清先生某篇文章提及：「我每次到臺灣進行學術交流，有關部門都要對我『政審』，要我從『文革』經歷開始『坦白交代』。我敢說如今『組織部』及『臺辦』的負責人，大都沒有經歷過那場十年浩劫，不知道我們這代人遭遇之悲慘。」有感。

海說，它是無私的
想幫我蓋一座堅固的城堡

它派浪來
取走我的土、我的地
攬走了我的青春、我的熱情
也捲走了我的記憶

等到我一無所有

才驚覺

海緊擁著土地不放
浪只還給我
一堆堆歲月的皺紋
以及，眾聲喧嘩裡的沉默

而那一再重覆的潮聲，則是海
自己說給自己聽的故事

（民國 102.4.10 寫，102.5.16 修飾，刊載葡萄園詩刊第 201 期）

# 金山嶺長城

這座翠綠山林
蘊育著什麼樣的樹
原生或新植，已經不重要了
最要緊的是
導遊啊，別再指揮我們看風景的方向

一條古老痀瘻的龍
躲在雲霧裡
裹藏著濃密心思，護著它的城牆
緊抓住那片紅土地
就是不肯放手

他難道看不出
一旦陽光普照
縱情眺望
遠方
依舊是藍藍的山嶺，白白的雲海

（民國 102.4.9 寫，103.6.27 修飾）

# 梯田

山向藍天要一個夢
樹向白雲要一份安定的日子
小河要丈量
艱困與順遂的距離
稻田說
我幫你們傳達
它勤奮地繞，努力地轉
帶著使命
它爬到山頂
重要的書信竟散落一地
它回頭
遇見，一片遼闊富麗的美景

（民國 102.4.7 寫，103.3.26 修飾，刊載葡萄園詩刊第 203 期）

# 我從鵝鑾鼻向南望

像這樣　以一種迎風
等待浪花飛濺的灑脫姿勢
等著海衝上來
與我擁抱

礁岩滑下去
熱帶雨林倒下去
高山的蟲鳴鳥叫倒下去
大樓倒下去
人類文明地球的歷史倒下去
所有所有的一切　都倒向海的懷抱

我感覺　海張開雙臂
遠遠　遠遠地
以一種藍天與綠地必然劇終的姿態
對著我　大笑

（民國 101.12.6 寫，102.7.24 修飾，刊載葡萄園詩刊第 203 期）

# 情人湖

環繞著湖
攜手漫步在幸福的路
青山退縮一旁
綠水悄然無聲

樹幫我們遮蔭
擋住陶醉的言語
擋住時間
擋住看得入迷的風景

只留下
渺小又寬廣的宇宙

我卻難以阻止
所有愛慕
自此時此刻開始
溢滿這座　等候萬年的湖

（民國 101.11.28 寫，104.7.12 修飾，刊載葡萄園詩刊第 207 期）

# 清水斷崖

夏日　海以嫵媚波浪
輕撥山的髮梢
光滑的頸項　攀著誘人的胳臂
姿態俏麗

風揚起淡淡髮香
預告　你開始接受追求了

求你
千萬別讓我直視
我害怕　我會沿著你的頸肩掉下
單戀的深淵

（民國 101.9.23 寫，刊載葡萄園詩刊第 199 期）

# 登山小品

本想尋覓
片刻
小溪裡的蛙鳴　林間的鳥唱
穿過一叢叢偽裝的樹椏　撥開
塵世間茫然的霧
拋下
沈重的步道
竟在山頂　遇見
蒼鷹

高高地　盤旋
朝我
悠長一聲　叫出了蔚藍的天空

（民國 101.9.16 寫，101.11.21 修飾，刊載葡萄園詩刊第 197 期）

# 埔里清晨

山巒一個一個地醒了
他們惺忪著眼說
夢見星子與月色促膝談著心事

薄霧不回話
她忙著幫山頭穿上
今日特別預備的翠綠新衣

風輕輕來了又匆匆走掉
吱吱喳喳
把鳥雀的叮嚀都遺忘在樹上

路在遠方
蜿蜒著，開始慢跑
所有枝上嫩紅的花苞也抖擻起來

山很快就忘記昨夜擾人的夢
他們興高采烈
攜手迎向陽光灑落一身

（民國 101.9.15 寫，103.1.13 修飾，刊載葡萄園詩刊第 202 期）

# 垂榕

在這盤根錯節的榕樹下
夏日午後
最適合道聽塗說了

嗑完花生，喝光米酒
每個人都心滿意足
帶著交換的八卦消息回家

所有鳥雀
開始一顆顆撿拾
無意間掉落的細節

只留下痀瘻的垂垂老榕
在風中慢條斯理
清掃著，曾被加鹽添醋過的花生殼

（民國 101.9.9 寫，104.12.2 修飾，刊載金門文藝復刊 5 號第 62 期）

# 貝殼沙之夢

我是海角來
擱淺小島的一粒貝殼
等候一世
化作水岸細沙

我願
奮力擠開千萬個對手
為了來到腳下
等你俯拾
我不願
輕易滑過指間
我願

永遠停留寂寞手心
作你專屬
玻璃罐裡的貝殼沙

在每個夢中
偷偷訴說

觸摸你腳踝的浪花
已經表白
吹拂過高大椰子樹的風聲
已經不再隱瞞

（民國 101.9.8 寫，104.11.19 修飾，刊載金門文藝復刊 4 號第 61 期）

# 七里香的傳說

春雨過後
一院子禁錮的陽光
廝守著
整座山的寂寞

我在群峰之間征戰，搜索
藏匿荒野的風景
只怕遇到
深秋一串串傷心的等候

偶然回首
整排防衛小屋的翠綠

閃耀著羞澀
靦腆地朝我招手
於是，我遂被微笑著娉婷走來的
小白花俘虜
在夏日
在淡淡的花香裡頭

（民國 101.9.8 寫，103.7.20 修飾，刊載葡萄園詩刊第 204 期）

# 黃山遠眺

我在小小視窗，從遠遠網路
輕輕敲醒
一甲子寂靜的失眠長夜

歡迎遊客的古松，以怪異手勢
展開一幅暈染的潑墨

仰望朝拜的信眾
在微醺中
面對變幻莫測的虛空
各有一番陶醉

所有該表達的讚嘆
都噤聲不語了

那邊，層峰專制地鎮住
一片美景

這頭，我自由欣賞
飄渺的雲霧，逐漸
而且即將，擁漫高聳的奇石

（民國 101.9.1 寫，刊載葡萄園詩刊第 196 期）

# 東澳灣之戀

我為她尋訪群山
藍天先遞交一抹驚豔

浪花輕觸的白沙灣
是你緘封情意的羞怯唇印
一遍遍
害怕被窺探

我赤足慢慢解讀
海風送來矜持的低語
群山吃味地別過身

要我抉擇，我只好撿拾一顆秘密
偷偷記下
這一刻不該收藏的心動

（民國101.7.18寫，103.3.26修飾，刊載葡萄園詩刊第202期）

# 苦花魚的想法

頂是烏暗的肩頭
猶原活潑，照映青翠的山崙
身穿清白的衫褲
不敢污染看透的溪水

愈荒野，愈冷激的所在
我愈愛待
人濟的時陣，我只愛秘置石縫
有當時出來翻食青苔

優雅的身軀
帶著骨氣，不驚水湧兇更懸

水內的火金星
精神閃爍置急流
咱的源頭，深山頂游
我的腹內，甘甜帶一點苦
一世人逆流衝沒止
為著找著真正的故鄉

（民國101.6.9寫，閩南語詩）

後註：頂，上。烏暗，黑色。的，語助詞。康熙字典云，宋人書中凡語助皆作底，並無的字。閩南語下底即底下，下廈同音；底義同下，語助底亦取下音。猶原，依然。衫褲，衣褲。看透，透明。冷激，冷冽。濟，多。時陣，時候。秘置，躲在。有當時，有時候。青荻，青苔。驚，怕。水湧，水浪。更，閩南語音哥，又也。懸，高。火金星，即火金姑，螢火蟲。腹內，肚裡。一世人，一輩子。沒止，不會停。沒，閩南語不會之連音。找著，找到。找，因缺而尋也。正字通謂，俗音爪，補不足曰找。閩南語讀如車戈切。案廣韻，騍，落戈切；過，古戈切。找從戈，亦屬戈韻。騍過找三字，閩南語泉漳二腔有別，而各自同韻，可證。

# 熱帶魚

一座孤單寂寞的小珊瑚礁
就夠讓我流連一輩子
像我這般敏感易受驚嚇的魚
總喜歡躲在海葵張手保護的叢林
偶然飄過水母迷惑的霧
下起海草飄零的雨
我也只輕搖遲疑雙鰭
遙對紅暈晚霞碧藍清波
向柔情的海流偷偷悄悄自語

而我具潔癖的獨居習慣
更不適宜群起洄游

即便遠方有藤蔓牽縈的小屋
想望的池蓮不停開落
我也怕仰慕的黑潮迷失了去向
這就是最最最堅固的城堡
統治四周廣袤的領域
不管風濤呼響海浪湧濺
我就只迷戀自己的礁岩依舊

（民國100.7.17寫，刊載葡萄園詩刊第193期，葡萄園五十週年詩選《半世紀之歌》入選）

# 小半天賞螢

往南投溪頭途中，有個鹿谷小半天村落，竹林參天，適合夏夜賞螢。年輕時數次旅遊溪頭，總是深受悸動而無緣一探；不意多年後見周報專刊介紹，新景舊情，遙想成詩。

竹林裡隱密的青春
趁著
陽光不注意
偷偷穿透書頁，推倒墨盒
傾瀉一幅
不願留白的水墨畫

噓！小聲點
別驚擾
漫漫長夜

猶在銀河裡追逐深深回憶
在虛空中撿拾笑鬧聲
逃學的點點繁星

（民國96.7.18寫，101.7.13修飾，刊載葡萄園詩刊第195期，修改一字）

# 無人島的戰爭

一整夜，所有浪花都躲在海中
商量拂曉的進攻

清晨，海螺吹響主權保衛戰
海龜扛起國與家的大纛
螃蟹奮勇搶灘
彈塗魚蹦蹦跳跳，忙個不停地進行補給
鯨魚停在遠處，適時支援火砲

過午的陽光，開始收拾
凌亂不堪的沙灘
終於，幾隻螃蟹佔領山頭

爬到枯木宣告：這是我們神聖的領土

島說，我何曾屬於你們
我是個亙古的旅客
已經披過星，戴過月
僅是在此睡個午覺

它一個轉身
潮水回頭，將所有海族通通趕入
浩瀚的大海

（民國96.7.17寫，刊載葡萄園詩刊第176期）

# 霧

推開一片白茫
隱約深邃，不確知的景物
美麗迷幻誘人成癮
失焦的前途
選錯了濾鏡與特效
白茫茫
一片無邊的空虛
像消融的雪花，轉瞬即將揮別
無從掌握
像墮落的清淺銀河
引我漂泊
在茫然無涯的波動裡

追尋寂寞的渡船
蒼白渺茫的日光
　　也被黯然收服
霧啊！霧
是否經過偶現的熱情，你將
　　凝成露珠
點綴遊蕩的衣角？
空虛的回應
　　輕輕滑過殷盼的肌膚
我用力
　擠開一片白茫
　　還是
白茫茫，一片無邊無境

（民國96.7.5寫，刊載金門縣作家選集新詩卷：仙洲酒引，修改一字）

# 樹的情書

蘸起微風
樹梢輕觸遠方，以甜潤的溫柔筆毫
細細寫著，不停止的思慕

斜握的鉤勢，承載
數點
飛越無邊天際的心意

橫的婉轉，直的坦率
來回，鋪陳一片澎湃的樹海
在追逐的夢田起舞

當風遠離
那是我擱筆，將試探緘入渴望深淵
期待回眸的神情

（民國96.7.4寫，刊載葡萄園詩刊第191期，校訂一字）

# 觀星

三月
東方第一顆星
依偎著室女裙擺　對我眨眼

燦爛的笑影
閃爍迷樣的悸動

蛇夫追著巨蛇
努力馴服
輾轉奔騰的猜想
從四月
跨

過
七月

深沉地
遙望室女隱入西邊
銀河之心
無聲地
啊！英仙座的流星雨

（民國95.2.16寫，97.4.23修飾）

# 水牛

——記遊埔里牛耳石雕公園

牠謙卑地屈膝
任憑遊客爬上背，戲弄
有的拔牠的角，有的挖牠的耳
牠安靜地忍受

暮色漸沉
牠與遊客都累了
父母親們攜著滿足的子女
三三兩兩離去

牠開始收拾，風揚起的

日間歡笑的迴聲
仔細清點，樹上未落的秋葉
還有山中寒冷的夜

（民國 78.9.17 詩興，101.11.29 寫成）

# 大海

大海，深且邃的大海啊
我駕著小舟航行
在她的胸懷
探測

她的呼息近在眼前
她的心卻藏得隱密而難尋

（民國78.6.28寫，刊載笠詩刊第152期）

# 參、藏寶圖

# 寫詩

面對一張沉默的畫布
彼此僵立
費盡千辛萬苦
尋找朝思暮想的開場白

我有些興奮
他遲疑
陌生拘束的感覺
難以描繪這幅至親相認的風景

我塗塗又抹抹
試圖構思感人肺腑的解釋

他沒什麼回應
自言自語的話題像山澗流水消逝在靜謐森林

我依依不捨畫下最後一筆
疊壓凝固在厚重顏料背後的
其實還有
更多　不曾開口的故事

（民國 104.8.30 寫，104.11.16 修飾，刊載葡萄園詩刊第 210 期）

# 解惑

草原上
所有
野草
都
自
沉思
中抬頭
舉目瞭望
在山谷間

追尋
那一陣為人解惑的風
只見
藍天
一朵白雲
獨自　閱讀大地

（民國 103.8.18 寫，刊載葡萄園詩刊第 205 期）

# 風與蒲公英

潔白多情的蒲公英
靜靜等候
在必經的阡陌
等你
等一場千萬年偶然的私語

你來了
輕輕撫平
我微顫顫一世的盼望
笑著
指向無邊遠方

才那麼一會
風就帶走
滿天紛飛的溫柔影子
只留下
一顆空虛的心

（民國 103.2.6 寫）

# 魔術師的無奈

觀眾們
總是期望
高禮帽蹦出兔子
等待
一隻鴿子從驚奇中飛起

在不斷摺疊
又不斷撕扯的光陰裡
變出花樣
填補
散場的空虛

無奈
我不過是個
出賣假相的魔術師
分離了疲憊的腰和身
再切斷孤獨的頭

我就僅剩
一雙
戴著白手套
努力朝空中飛舞指揮棒
不再屬於自己的手

（民國 103.1.17 寫，104.2.28 修飾，刊載葡萄園詩刊第 208 期，修改一字）

# 茶園

茶園裡
一隻礙眼的小綠葉蟬
記得留給它　寬容屈身之所
寧願辛勤捕放
絕不噴灑
劇烈的嗆鼻農藥

雖然遭受叮咬
葉面凋黃
只需耐心揀選　撫摩日光溫暖
攪拌炒菁的鬱悶
它也會變身

## 優雅地 自擁一室清香

（民國 101.12.29 寫，104.12.6 修飾並記）

後記：民國百零一年九月，晴兒就讀國立臺灣大學園藝研究所園產組，為許輔教授指導學生，時頗苦於實驗室生活，又躊躇於未來規劃。翌年夏，實驗已完成，僅論文未寫。以學長官彥州是秋將赴日本東京大學攻讀博士，乃毅然放棄課業，將效于飛。百零三年五月二日結婚，即偕往東瀛。雖嘆學位功虧一簣，實乃個人抉擇。唐高退之詩云：「葑菲采時皆有道，權衡分處且無情。」學歷功名有如珮飾，朝戴夕卸，晴兒視若敝屣，亦奇女子也。

# 禪寺靜思

滿心期待
萬籟俱寂的山中鐘聲
林間
一顆松子掉下來

（民國 101.9.23 寫，刊載葡萄園詩刊第 205 期）

# 父親

父親說他這輩子
還沒見過大學　長什麼樣子
我牽著興奮的他
緩步母校校園
參加他孫兒的畢業典禮

他像初出社會一般
端坐聽訓　不敢遺漏半句

那一刻
我感覺冗長的勉勵
像在描述父親的一生

父親痀瘻的背
是他戴著斗笠彎腰鋤田
是他埋首辦公桌對帳
也是他吃力搬運工廠重物的身影

而我　在他背後
陪他在臺下
等候新的一代展開新的旅程

（民國 101.9.22 寫）

# 聽古琴曲樵歌

浯楊始祖亮節公，宋寶章閣待制楊纘之子。纘公好古博雅，而琴尤精詣。端平、淳祐間，與趙與旹棋、張即之書、趙孟堅畫，共稱薦紳四絕。每恨嵇康遺音久廢，與客毛敏仲、徐天民力求索之。歷十餘年，始得于吳中何仲章家。因刪潤考正，共定調、意、操凡四百六十有八，為紫霞洞譜一十三卷。宋季言琴學者多宗之，以合于晉嵇康氏故也。由是楊氏譜大行，入元號稱浙譜。自浙譜出，而閣譜、江西譜漸廢。纘公卒咸淳三年，越九年，亮節隨妹楊淑妃扈從二王南行，以圖興復。傳說元兵入臨安，毛敏仲悲亡國之痛，作樵歌以招同志者隱焉。惟纘公所著洞譜，鼎革之後，或為繼學者刪改自秘，竟失傳矣。

風　無聲地
踽踽獨行
白雲　輕輕撥弄
刺痛的林梢
藤蘁　纏不住
眼前泫然撲下的飛瀑

無人的深山
迷霧繚繞
只有我
挑著七根琴弦相望的小路
對空　高歌一擔
悲涼的夜暮

（民國 101.9.19 寫，103.6.18 修飾）

# 皈依

南無風
風不理不睬　只顧玩鬧
不斷糾纏靜謐湖心
吵醒漣漪

南無雲
雲悠然飄過　冷漠回應
世間議論紛擾
不願開示　如何解脫地上的執著

南無海
海忙著　修改美麗裙擺

只憂愁　今夜
她的盛裝如何吸引皎潔的月光

南無山
山背對背　一再覆誦
南無　南無　南無
放任盲目的溪流四處亂闖

（民國 101.8.30 寫，104.11.20 修飾）

# 多餘

妻說
只要有我，家就變大了
小屋子顯得夠寬裕
擠滿家具也不覺窘迫

妻不在後
空蕩蕩的房間，真的更開闊
而我卻尋不著
有什麼東西變多餘

（民國 101.8.29 寫，104.12.6 修飾，刊載葡萄園詩刊第 212 期）

# 相思樹

渴望獨立的一棵樹
要微風，吹散煩人的束縛
要細雨，洗淨無止無盡的嘮叨
要陽光，灑落自由

他的願望真的達成了
他那極力掙脫桎梏的樹冠
終於擴張成，一堆堆雀躍的專屬雲海

初夏一到
傾巢而出的高飛心情，竟開出
黃澄澄無邊的思念

（民國101.7.17寫，101.9.2修飾，刊載金門文藝復刊1號第58期）

# 單身的彗星

總是孤傲地
在宇宙之間搜尋
和自己一樣獨特的氣質

總是冷眼瞧著
行星羞澀地圍繞恆星
圍繞著幸福打轉

總是寂寞地
躲到遠遠的星系邊緣
等待哪天再燦爛地接近太陽

總是在找合適的舞伴
忘了先調整
自己錯誤的軌道

（民國101.7.16寫，刊載葡萄園詩刊第196期）

# 新居想像圖

余不喜市廛，尤惡高樓大廈之壓迫。教書十餘年，賃郊屋而居，自得其便。民國戊子夏至，始置產於淡水虎頭山腰。是地環境清幽，唯屋齡偏高，乃規劃重作內牆及裝潢。雖舊屋一間，親手設計處理，時進時歇，樂趣盎然，亦足興想像之馳騁也。

紅簷綠瓦，早就遠遠哈腰
牆角濃密高挺的桂樹，客氣向人招手
玄關大門，鑲嵌屋主獨特姓名
庭園有小橋流水
雖說造景，總是顯出風雅
客廳奢華一些，待客十分誠意
飯廳張貼田園景色，最好配上鄉村風的地磚

自在不忘樸實
樓梯簡約，傳統隱含現代
書房有挑高的櫥櫃，几淨窗明
整面牆的書葉，當然奮發爭取陽光
臥室呢，就讓牆外爬滿玫瑰的藤蔓吧
既可遮蔭，也能留住一片春意

（民國100.7.25寫，101.8.29修飾）

# 浮萍

習慣飄泊的青春
老想擺脫
這虫礙手綁腳的小水鉢
它朝鉢外繽紛世界
努力探頭

鉢外的我
卻偷窺著　一個有湖有景的天地
可以看落日　聽晚風
還能獨擁
奢華的悠遊自在

（民國100.7.12寫，刊載葡萄園詩刊第193期）

# 族譜

——記民國百年六月浙江杭州尋根取得聯繫

門前高大的桂花樹
終於，又發出幼綠新芽
很快地，它就要長壯
並且開枝散葉

為了讓遠方離鄉的我
回家認祖

宗親翻出，曾經暗藏牆壁
躲過大劫難的這本唯一族譜
蟲蛀的內頁

被吃掉幾個世代

新裝裱的封面
富貴喜氣，顯得極為氣派

可是，堅持
特選的進口銅版紙
排印增補的支派，要如何搭配
泛黃宣紙的手寫譜系呢？

（民國100.7.9寫，104.12.19修飾）

# 山河戀

——愛妻過世將越一紀感懷

你獨坐陽明山腰
藍的天，白的雲
高高掛起，往日甜蜜的舊景
蒼鬱的樹林，翠綠的湖
藏著無盡思念

感覺好久沒有陪你，聽你
訴說心情

我靜看淡水河畔
紛擾的燈火，忙碌的岸影

偶然想起，浪漫的夜色
深秋冰涼的晚風，孤獨的月
搧動河面粼粼淚光

我像雨夜漂泊的星辰，只有
黑暗相隨

河，緊緊繞著山
我，遠遠望著你

於是，寂寞的山嵐
裊裊地朝河走了過來
惆悵的河霧
才偷偷地，開懷地擁住一片回憶

（民國 100.7.4 寫，102.7.11 修飾，刊載葡萄園詩刊第 199 期）

# 影子與我

寂寞的街燈下
我與影子展開長長的對話

帶著一身沉重的黃昏
疲憊的身軀，找到
短暫沉默的依靠，我點著一根煙
星光開始迷惑，徘徊於日與夜的邊界

影子，你跟著我夠久了
曾經相約
肩背青春行囊，在亮麗的陽光下
結伴探索大海，征服山巔

冷峻的燈光瞧著
他顫抖地挪了挪身體，清瘦的影子更加修長
應該又圓又大的一輪明月
在這個憔悴的歸途裡，顯得那麼遙遠

影子，記得嗎
清晨好奇浪漫的微風，想把我們緊緊擁住
盛午激動的熱情，要將你我融合
可是，漫長的白天牽引出現實的磨難
你和我的距離愈來愈遠

夜色凝重，影子認命地
逐漸隱沒在惆悵的回憶裡

影子，或許我們該在這裡道別

影子不回答
隨著夜的深埋，影子拖著痀瘻身軀
孤獨地往黑暗裡
走了

（民國100.6.29寫，刊載創世紀詩雜誌第173期）

# 髮禿十週年紀念

這片髮田
是我傳自父親，父親傳自
祖父，要我恪遵祖訓
努力耕耘

我也不負所託
春天，四處搜尋饑渴的水源
灌溉青嫩幼苗
拔除野草，不讓惡習敗壞家風

盛夏烈日高懸，將我
辛勤的汗滴匯成

波光粼粼
濃密的稻穗，隨風起舞
現在，秋的季節來臨
我開始懷著興奮的心情
一畝一畝
收割

（民國96.7.15寫，刊載葡萄園詩刊第177期）

# 新娘捧花

已經邁入中年
才突然驚覺
微微褪黃的結婚照中
新娘捧花不知不覺地伸長出
許多枝蔓，而且
花朵也開始
凋萎……

（民國78.9.16寫，刊載笠詩刊第155期）

後記：民國七十八年秋，長女晴將出生。時尚在攻讀博士學位，見臥室與妻之結婚照，忽對未來有莫名感傷。八十九年春，妻竟棄我先逝，有如預見。

# 烏雲

一幅單調的潑墨畫
一重重心情不斷疊壓
一片黯然
一片黯然
一片黯然

一隻紙鳶孤獨地奮力飛衝自下

（民國78.6.22寫於北市河堤公園，刊載笠詩刊第152期）

## 格局

四方的房間
四方的小小搖籃
四方的厚重結實書包
四方的擠滿文件大辦公桌
四方的古銅鑲框的結婚放大照

偶爾，我也能從四方的窗戶向外眺望
雲悠然飄過的，抒懷的風景

（民國78.6.21寫，刊載笠詩刊第153期）

# 秋興一首

民國六十六年夏舉家遷臺，獨留我在鄉完成高三學業。大學聯考壓力之下，季節更迭，不免孤單與寂寞。年少初嚐詩意，誌之以供珍藏。

深秋了！

我把西風望進
鼓鼓的家書卻被幾本「突破」
擠扁

（民國66.11.7寫，71.5.10修飾，刊載涪潮第8期，100.7.26改序並註）

後註：突破，參考書名。

# 肆、返鄉專機

# 稚暉亭

清風習習　碧波一片
我在銅像身後
俯視　清澈見底的岩岸
啊！一顆玉潔丹心　躍出連天戰火
濺灑幾滴熱淚

我又從這望向海邊
只見到
填平的往事
一座
等著歡迎旅客的商港突堤

（民國 105.8.4 寫）

# 土地權狀

鄉親是有教養的
他們反對任何暴力
絕不
侵門強奪

鄉親是誠實的
他們願意
證明
這塊祖傳農地有人耕種

鄉親是依法行政的
他們教你

填寫申請書備齊一切資料
收件等候通知

我信任鄉親
只是那張權狀
最後
竟發給了另一位鄉親

（民國104.8.26寫，刊載臺灣現代詩第45期，校訂日期）

後記：民國百零一年，余襄助馬祖劉家國前議員纂寫《續修連江縣志》。十月，查得塘岐國小藏有《馬祖戰地政務法規彙編》初版之孤本，翌年春經其借出複印備作參考。是年底，趕工撰寫經濟財稅志。當時發現內載五十二年馬祖政委會訂定「連江縣補償軍事徵用民地（產）暫行辦法」，規定軍事徵用需有補償，且不再使用時應主動發還原業主。

百零三年五月初，經濟財稅志初稿寫畢。時適有高中同學王阿豪來電約談土地問題。阿豪本名宏武，教書畫。其祖廷樣公，日據金門行政公署署長王廷植五兄也。據謂，其父繼承父母妻三族田地無以計數，相關稅賦皆其獨力負擔。因遷居臺灣遭逢水災整疊權狀毀失，雖曾撿據申辦補發，惟遭官民匿毀呈繳之稅單，且有偽造四鄰證明侵吞之情。多年來竭力抗爭，僅討回三筆。時阿豪攜來往年訴願提訟之資料厚冊，極力懇託，並謂事成重酬。余笑曰，同學情誼豈在於此。乃詳加審閱，數次相約討論，告以權狀既失，關鍵在政府記錄。倘不循司法正途，優先蒐集證據依法救濟，再虛耗於民意訴願，將無可圖也。

余始知解嚴之際，政府未對金馬前線土地問題設立專責組織，詳究過去相關戰地法規，依法妥善處理，以致民怨不斷。七月底，乃將連江縣軍事徵用單行法規張貼馬祖資訊網，陳述所知法律規定及原則，提供馬祖鄉親索討祖先土地之用。

時有連江陳書燦家族介壽堂土地，自九十三年起與連江縣政府及財政部國有財產署爭訟，互有輸贏。其律師於福建高等法院金門分院民事更三審，援引余所貼「軍事徵用法」及「連江縣補償軍事徵用民地（產）暫行辦法」，以為辯護。百零五年七月底判決，民眾大獲全勝。劉增應縣長允諾遵守競選政見，不再上訴。陳氏家族花費新臺幣兩百萬元及纏訟十二年之委屈，終獲遲來之正義。

此前余再三告知阿豪，有關其家族土地，當務之急在循各種管道取得記錄其父產權之政府檔案，且應備份妥藏。百零五年四月，即先將數袋資料奉還。九月底某週日，渠忽來電，匆忙索回前給影印厚冊。謂已獲得相關產權檔案，正委託律師處理云云。噫！民有冤屈，天將感應，報有遲速而已。果如其言，則吾鄉司法將掀大海波瀾矣！

# 木麻黃同學會

民國百零四年八月廿一日，天鵝颱風將臨，金門高中第六七級旅臺同學數十人相聚永和留香園餐廳，選定木麻黃聯誼會為會名，是名由陳昆乾校長、黃明觀同學共擬。時石兆瑄同學已逝，而余因不用智慧型手機上網，未獲消息，亦未參加追思。念兆瑄兄開創會務之功，前此復積極聯繫余與會，思之倍覺悵然。

歸巢的季節
青春盤據在高舉的熱氣旋
記憶搖晃
起伏於酒杯鋒面

心情傾瀉
從遠方漸漸侵襲到身邊

偶然
翻捲出一堆堆意外

歲月想逗留
而路徑自顧向前

風尾穿過林間
回首
一串感傷
自木麻黃葉尖　滴———落

（民國104.8.24寫，刊載金門文藝復刊3號第60期，修改前序一字）

# 戰地之必要與不必要

戰地是一再改版的暢銷書
每個章節都在描寫希望

猶記得槍林彈雨躲避豔陽的年代
我們在碉堡貯存恐懼
堅守大是大非
用自衛隊的豪邁英姿
替每一根軌條砦舉行發表會
順便促銷真實的理念

曾經遇到宵禁
宣傳彈梳理黝黑的木麻黃

明日就顫抖地劃過
我們假裝鎮定試著隱藏不安的情節
將神秘凝結在海峽中間
讓寧靜封鎖前線

鼓舞後方的意識形態
像書頁般搖晃自右又搖晃到左

管他高粱來自南方還是北方
釀造的酒一樣通體舒暢
最後都能把粉絲鈔票一塊占領
雖然已沒什麼關連
為了鋪陳閱讀的節奏
坑道陣地和戰鬥營一樣都不能少

我使勁親吻瓶口
試著讀完它的殘留價值

只聽到一頁頁空虛的感覺
在島嶼四周瀰漫
不斷縈繞的回甘讚嘆
宣告一本書的真正結束

過去的就讓它消逝吧！我想
不論是巨著爛書終究要典藏入庫

（民國103.1.20寫，103.3.26修飾，刊載金門日報103.4.2浯江副刊）

後註：粉絲，英文fan複數fans之音譯，意指狂熱的愛好者。

# 故鄉的麵線

喜歡故鄉溫暖的水
只需適當添加
就讓蟄伏的記憶發酵
把糾結的鄉愁搓開
揉進一團一團封藏的往事
把摧人的歲月拉長　再拉長
把別離的雨
細細地牽著　掛著
用故鄉寬容的風
輕輕吹散　現實的無奈
用故鄉熱情的陽光
曝曬　壓抑的陰霾

讓直率的土氣和著清白的身世
從明亮淡薄的湯中撈起
每一口都堅忍耐嚼
每一口都齒頰留香

（民國101.12.5寫，刊載中華日報102.4.1中華副刊）

# 慈湖歸鳥

熱情的夕陽
為冷冽的北風，傾倒一湖
妝點這場野宴的紅酒

樹梢揚起爽朗笑聲
擺出招呼姿勢
決心要讓眾人賓至如歸

鳥群一批批，忙著來回穿梭
觀光客相互舉杯
飲下難得的留香際遇

一隻落單的鳥兒
優雅地飛過
是候鳥嗎？你疑問

不！不是度冬的鸕鶿
是稀見的留鳥
黑岩鷺呀！我答

（民國101.11.28寫，101.12.20修飾，刊載金門日報102.1.2浯江副刊）

# 毋忘在莒勒石

積壓數十年的重擔
頂天矗立
所有微小孤寂　都自
巨石鑽出　長成濃密樹蔭

春陽　認真導覽
觀光客以相機查看　他的堅持
紀錄往事　然後
轉身繼續趕場

旁邊不起眼的一棵梅樹
卸除了裝備

一朵冰清
使盡力氣迸出　還想
探頭
盤問遠方兩岸往來的客船

（民國 101.9.22 寫，103.8.16 修飾，刊載金門文藝復刊 1 號第 58 期）

# 湖心亭

佇立在無邊湖心的
是一座小小古色古香的亭
遙對湖岸
一整排濃密翠綠新植的路樹
獨自
迎著風，也迎著雨
等待屬意的人
駐足，停歇賞景

時間隨著日影
斜移
高瘦的亭腳，矮胖的椅面

也跟著夢想變形
幾隻鳥雀
由開敞的亭閣中間，吱吱喳喳
飛過
留下靜默無聲的守候

我沿著蜿蜒的湖中小路
不知不覺走到這裡
驚喜發現
這座視野遼闊的中國涼亭
清風徐徐，吹散了
廛市間昏昧訛詐的陰霾
讓人重拾
被遺棄的午後陽光

（民國101.8.30寫，刊載金門文藝復刊2號第59期）

# 金門大橋動工有感

宋景炎元年五月初一，益王是即帝位於福州，以舅楊亮節為福建處置使。十一月十五，陳宜中、張世傑備海舟奉帝是及衛王昺入海，廿三日，帝舟抵泉州灣，海上狂風大作，急遽登岸。遇招撫使蒲壽庚之叛，帝遂至嘉禾嶼，登五通，由大擔出港赴潮州。嘉禾嶼，今廈門也。當時宋有正軍十七萬，民兵三十萬，淮兵一萬，船隻星布絡繹，浩蕩南行。相傳烈嶼因帝而裂，阻隔元兵追逼，保全宋祚。於是烈嶼變成離島，發展遂遲緩矣。景炎二年四月，帝移廣州。六月，張世傑回潮州，以圖興復，亮節以福建處置使同往。七月，圍泉州。九月，帝次廣州之淺灣。十一月，元唆都援泉州，張世傑還淺灣，亮節因公事在山，竟不及從。後率三子至廈覓航，元兵攻漳，逃隱浯島馬山后嶼。元兵攻潮，亮節追至漳境，寄養幼子，復同長次二子來廈尋舟。以陸路道阻，海船難得，竟不能行，遂埋名浯島官澳。元順帝時，亮節孫淑季逃避倭害，開基湖下。民國百零一年五月金門大橋動工，採高粱穗心造型之脊背橋，西起烈嶼后頭，東迄金寧湖下，大小金門即將接通，繁榮實可期也。烈嶼、湖下古今命運相銜，余又為亮節之裔孫，於是感而為詩。

遙遠的天涯
一座小島

在安定的豐年　平靜的碧波
矗立起　消除
所謂阻礙與隔閡的大橋

海上不再詭譎
國事蜩螗任其停歇
陳年往事　就用高粱美酒麻醉吧！
撕裂的記憶
以穿梭的交通來撫慰

我站在這頭
用想像拍攝未來的風景　只看到

風不停講的歷史
雲不斷改編的情節
天偶然下起雷陣雨抗議
以及浪花

# 總是在測量新的邊界

（民國101.8.29寫，103.6.18修飾）

# 窖藏

在最黑暗的日子
堅持理念
以孤單雙手　以剛直圓鍬
挖掘不確定的前途
卑微地
收藏幾把汗滴

等陽光邁入洞口
找回夢想
與不惑青山　與無爭綠水
解說無止盡的故事
開懷地

## 品嚐一壺美酒

（民國101.7.20寫，104.6.14修飾）

# 風獅爺

既然昂首站立
就再不肯屈膝坐下
堅持的姿勢是出生就決定
溫柔的披肩貼服在守護子民的背
猙獰的面孔是為了給敵人看

鳥雀吱吱喳喳嬉鬧
我只是安靜遠眺
觀光客來來去去留影拍照
我回應以自由的氣息
最美的風景

風雖然會轉向
如果來的是一股清流
我讓它輕輕滑過溫暖的手心
如果是一派邪氣
我等著張牙舉爪無情吞噬

（民國101.7.17寫，刊載金門日報101.12.9浯江副刊）

# 漁舟向晚

辛苦一輩子
只捕撈到幾個雲遊四海的孩子
從漁網中流逝
更多歲月的魚尾紋

老伴早隨潮水離去
我的手勁再難支撐這艘孤單的小舟
只要風來，或許
就能把它帶往想望的彼岸

我只有魚群可以思念了
假如他們枯竭

在海上不眠的夜，無妨
還有滿天等候的星斗可以細數

（民國101.7.14寫，刊載金門日報101.7.24浯江副刊，修改二字）

# 高粱酒的滋味

民國百年四月廿九日，金門高中第六七級旅臺同學於北市重慶南路鼎富樓舉行同醉會，兼賀吳秋穆同學真除金酒公司總經理。是次聚會由陳國良邀集，與會者除作者、符宏勇、楊肅民、石兆瑄、范天賞、許兆榮、陳懷仁、黃明觀、李秀治、黃碧含等同學外，吳總經理及金酒廈門分公司董事長楊文智同學皆遠道現身，另李綿鎮、李國權及立委參選人謝宜漳、縣議員楊永立等鄉親亦隨後趕到，近三十位故知賢達相逢，真可謂難得之盛況。

這是一打陳年高粱
等了三十年
飄洋過海
齊聚在繁華富庶的後方
再不必限帶兩瓶，也不用
設卡嚴查

前線碉堡早就解編
地雷也忙著除役
今夜，無須回憶歷史之錯亂
只要品嚐發展的滋味

若想再現青春
還是等，夢中相逢彼岸

斟滿胡璉將軍的壯志
暢飲鐵騎之遠望
自由奔馳
那時，才真正會叫人狂醉

（民國100.7.4寫，刊載金門日報100.7.24浯江副刊，修改四字）

# 甘藷頌

那一片艱困貧瘠的沙土
種什麼總是難過

它堅韌默默地攀爬
低聲下氣不要緊
沒有人理會也無妨
空曠的視野正好盡情伸展

雖說希望編織在遠方
異地只管作家鄉

時間一到

便能撐起傘樣濃密的葉子
深藏地，到處遮蔭它
憨厚的子實

（民國100.7.2寫，刊載金門日報100.7.19浯江副刊）

# 后浦晚霞

那是一個雲靄堆積的早春
迷惑的倦鳥，聚集
在高聳的木麻黃林梢
聒噪著各種抉擇

遠方瞥見落日的身影
群鳥一哄而散
開朗的天際，歸於平靜
露出年輕熱情的心

紅通通的臉龐
像極了靦腆遠行的少年

承受著滿溢的叮嚀
漸沉的眉宇更加低垂

一場美麗的海邊邂逅
預告無限前景
絢爛的色彩，在雲端展示
各種可能的繽紛

我驛動的思緒像潮水
想像他日
歸帆的漁舟
大聲吟唱晚秋滿載的歡欣

（民國97.4.23寫，刊載金門文藝第24期、金門縣作家選集新詩卷：仙洲酒引）

後記：本詩經國小同學許美姿轉介，邀請著名作曲家徐惟恩譜曲，民國百零六年七月二日譜成，由圓韻合唱團是年八月五日在金門音樂會首演。

# 海印寺鐘聲

有一種清亮的聲音
遠遠地
傳送無止無盡的希望，因為
清晨，那是開始
封閉的島像初墾的荒野
需要奮發

清淨的鐘聲
追隨無怨不悔的風
帶來了解暑的涼意，因為
當午，那是熱情
荒蕪的島像火紅的豔陽

需要流汗

悠遠的清涼音
將遼闊的海的胸襟
傳送到無邊，傳送到無際，因為
向晚，那是包容
孤獨的島像雲遊的旅客
需要關懷

有一種清柔的聲音
緩緩地
傳來低聲輕語的撫慰，因為
深夜，那是依靠
遙遠的島像光明的燈塔
等待歸航

（民國97.4.22寫，刊載金門文藝第24期、金門縣作家選集新詩卷：仙洲酒引）

# 銀膠菊啊！銀膠菊

——聞浯島議設賭場有感

無人憐愛的山野
微風般輕輕訴說苦澀的日子

短毛堇使勁賣弄優雅姿勢
油菊強擠出燦爛笑容
車前草舉起每隻手臂奮力地招呼
巴望著路人真心來關注

遙遠飄渺的國度
銀膠菊攜來令人驚豔的禮物
就像是駐足觀賞的滿天星

轉眼間玉立亭亭
潔淨可愛散發青春活力

銀膠菊啊！銀膠菊
說是要點綴熱鬧過往的冷清
如若是遠遠品聞
那小白花就蠱惑擺弄欺騙感情
太過靠近，激烈的膩愛
將會發炎變得紅腫

根本是毒品輕易上癮
只建構出一片虛幻和無情
吸食過量身體難再分辨廢物與營養
嚴重時造成遺傳性病變
傷心也無可逆轉

一年四季像星火般燎原

短毛堇低聲下氣換來高漲的氣燄
油菊的笑臉她也無動於衷
車前草只能乖乖躲開

從此，無人憐愛的山野
微風般永遠訴說著苦痛的日子

（民國97.4.20寫，刊載金門文藝第24期）

後記：吾鄉島嶼雖小，然較馬祖為廣為平，固有其他發展途徑，無須借助博奕產業。民國百零一年七月馬祖公投，決議引進博奕。時余為連江縣政顧問，遂於八月廿日為文投登馬祖日報，由經濟分析觀點建議，應嚴格限制出入客源，建立一個隔絕境外特區；並確實做好監督，避免產生政府失靈，以提高縣民福利。

# 海浪之旅

你說，那裡的沙灘潔白如玉
撿拾的貝殼聽得到
少女心有所屬的澎湃聲
　我來到島的南邊
　春季的霧，掩住羞澀的臉龐
　像隱約不能忘懷的夢景

你說，那裡的樹木濃密幽靜
林間灑下的陽光
看得到顫動遲疑的矜持
　我來到島的東邊
　夏天的雷雨，隨著午後烏雲湧至

　像衛兵般阻隔我的靠近

你說，那裡的湖畔清風徐來
層層圍繞的漣漪
隱藏著深邃的萬種柔情
　我來到島的北邊
遠遠地，想像山巔背後迷人的景緻
冬的冷峻驅趕不了
一束束抖擻獻上的浪花

你說，那裡有清澈可鑑的港灣
青山鬱翠
濃得叫人沈醉
等待著真心滌塵的探訪
　我來到島的西邊
請松濤傳信，我不是偶然過境的野鴿
是秋天歸來的白鷺
（民國96.5.7寫，刊載金門縣作家選集新詩卷：仙洲酒引）

# 小雲雀

小雲雀，家住高粱田
辛勤忙碌為三餐，邊找穗實邊找蟲
低調警戒，怕生躲草叢

小雲雀，身軀不顯眼
黑褐羽紋人棄嫌，有些木訥有點聳
漂亮衣裳，留給翠鳥和斑鶇

小雲雀，自己有主張
轆轤井邊練歌聲，碉堡壘旁吊音嗓
沉靜準備，來日好較量

小雲雀，志氣不尋常
我要直飛上雲霄，等到秋高天氣爽
大聲鳴唱，屬於我的排行榜

（民國96.5.5寫，少年詩）

後註：小雲雀，金門俗稱埔丟仔。聳，借字，平聲，閩南語憨厚俗氣之意。

# 文臺古塔

塔在舊金門城南磐山頂，始建明洪武年間，附近巨石有明都督俞大猷任金門守禦千戶所時手書虛江嘯臥之題字。金門奇地也，常為歷史轉換之關鍵。撫今追昔，益增感慨。

浪花壯闊，海四處打聽故事
高岩依舊無語

孤單的塔影
獨自披裹
夜色
傾聽風的回憶，以及
松林間傳來的讚嘆

（民國83.1.31詩興，97.7.15寫成，刊載葡萄園詩刊第180期）

# 太武山上驚遇蜂鳥

——記民國六十七年戰地浯島所見

山是一排嚴峻的戰士
日夜瞭望

它用軌條砦立威，遠遠地
在寬廣的，感情脫韁奔馳的海邊
以刺鐵絲牽絆，懲罰
未經許可的闖入者

一隻彩麗的蜂鳥
穿越重重警戒
在高傲蒼鬱的山林裡

# 獨自，尋覓濃郁的詩意

（民國78.6.27詩興，97.4.17寫成，刊載金門日報100.11.9浯江副刊）

# 陽明湖畔

一棵飽經風霜的老樹
靠著湖邊，斜伸出乾枯雙足
兀自洗濯他的年華
不曾引起什麼人注意

閒情無寄，乃以其殘缺的手勢
招棲幾隻愛談論的鳥雀
對著青山綠水，相伴
而且吟哦起來

（民國78.6.26寫，刊載創世紀詩雜誌第76期，校訂一字）

# 後跋

戒嚴困頓的離島裡，年幼渴望瞭解世界的胃口，只能到處撿拾片紙隻字來解饞。高一時，不知何故家裡出現一本破舊的郭衣洞短篇小說。其中一篇〈打翻鉛字架〉，讓我發現了「晦澀」的現代詩，也因為它，開始好奇和喜歡新詩。這該是郭衣洞（柏楊）先生為文時始料未及的吧！

詩畫，畫詩。年少喜歡塗抹，連帶鍾情於詩，除了因它晶瑩亮麗，言簡意賅即能營造一個須彌世界，供人賞悅再三；它更像窗臺上一盆懶人植物，偶然想起，澆沃一點水，就能回饋你滿溢的綠意。可惜！我對詩畫的熱情，因為埋首理性思考的經濟世界而沈寂了。感謝主編《金門文藝》的陳延宗學長邀稿，重新點燃我的詩心；感謝《葡萄園》詩刊主張「明朗」的宗旨，讓我不再視現代詩為「鬱悶」和「難親」的沈重負擔；也感謝《臺灣現代詩》詩刊不離現實生活的立場，提醒我徜徉於個人情思時，莫忘對社會議題的關注。

這本詩集結集後，經《葡萄園》賴益成主編轉介著名詩評家謝輝煌前輩，紆尊為名不見經傳的我寫序。謝老師是位非常親切的長輩，析論總是旁徵博引、條理分明，能得他的指教，真是有幸。張國治教授是我高中時就慕名的學長和詩壇前輩，也是鄉親；我厚著臉皮請他惠賜序文，他正忙著福建師範大學博士學位論文審查，肩壓重擔，依然爽快應允。張學長的精闢解讀、苦心指點，足令後學珍之為寶。呂坤和局長也是我高中學長，大學時因編輯《浯潮》而熟識。此書獲得金門縣文化局補助之後，他也慷慨賜序，為詩集增添了不少光彩。

最後，特別感謝我就讀金城國小（現名中正國小）時的校長，也是著名書畫家陳昆乾先生，幫此書題字。民國六十一年，陳校長將金城國小畢業考表揚的優異學生，由前五名增為前十名。當時激勵全校應屆同學衝刺溫習，我首次有了人生目標，幸而攀上車尾，證明事在人為。我興趣廣而難耐，手腳快而不勤，將書齋命名「為之」以自我惕厲，雖出自清彭端淑〈為學一首示子姪〉，然其源頭，其實是陳校長辦學給我幼小心靈的啟發。

對於文學創作，我雖不同意羅蘭·巴特（R. Barthes）「作者已死」的極端看法，但也不認為作者能完全主導讀者對作品（work）的理解。我比較傾向茱莉雅·克莉絲蒂娃（J. Kristeva）的觀點，作者提供一個文本（text），它並非「產品」，而是一個持續存在的「生產和消費過程」，也是作家、讀者對「作品意義」融匯轉換的場所。

蘇東坡嘗云：「大凡為文，當使氣象崢嶸、五色絢爛，漸老漸熟，乃造平澹。」宋周紫芝謂，作詩者尤當取法於此。元陳旅則曰：「平則貌凡，澹則味薄。為平澹而貌不凡、味不薄，此以為甚難也。」寡欲高節，乃能平澹閒雅、意深指遠。此集即將付梓，錄為將來為詩之準繩。

楊巽，本名楊秉訓，民國四十九年生於福建省金門縣金寧鄉湖下村。國立臺灣大學直升經濟學博士，任職淡江大學經濟學系暨產業經濟研究所。業餘好讀文史，曾主纂《民國九十六年續修金門縣志經濟志》、《民國一百零三年續修連江縣志經濟財稅志》。情感專一，人事家國皆然。

國家圖書館出版品預行編目(CIP)資料

影子與我：楊巽詩集／楊巽著. -- 初版. -- 新北市：楊秉訓，民106.07
面； 公分

ISBN 978-957-43-4744-5（平裝）

851.486 106011878

書名題字：陳昆乾（方舟） 封面設計：楊軒

版權所有．翻印必究

影子與我——楊巽詩集

著 者：楊 巽

出 版 者：楊秉訓
新北市淡水區二五一四三鄧公路三〇巷一弄三〇號一樓
電話：〇二—二六二一三〇九〇

補助出版：金門縣文化局
網址：http://web.kmccc.edu.tw

網路銷售：秀威書店
網址：http://store.showwe.tw

印 刷 者：秀威資訊科技股份有限公司
臺北市內湖區一一四九一瑞光路七六巷六九號二樓
電話：〇二—二七九六三六三八 傳真：〇二—二七九六一三七七

民國一〇六（二〇一七）年七月初版 ISBN 978-957-43-4744-5

定價240元

（如有破損或裝訂錯誤請寄回本公司更換）